Unterwürfiger Studentin und an‹

Erika Sanders
Serie
Herrschaft und erotische Unterwerfung

Zusammenfassung

Dieses Buch besteht aus folgenden Geschichten:
    Unterwürfiger Studentin
    Sehr verständnisvoller Arztin
    Im Büro

Unterwürfiger Studentin ist ein Roman mit starkem erotischem BDSM-Inhalt und wiederum ein neuer Roman aus der Sammlung „Erotische Dominanz und Unterwerfung", einer Romanreihe mit hohem romantischem und erotischem BDSM-Inhalt.

(Alle Charaktere sind 18 Jahre oder älter)

Hinweis zum Autorin:

Erika Sanders ist eine bekannte internationale Schriftstellerin, die in mehr als zwanzig Sprachen übersetzt wurde und ihre erotischsten Schriften, fernab ihrer üblichen Prosa, mit ihrem Mädchennamen signiert.

Index:

Zusammenfassung

    Hinweis zum Autorin:

    Index:

    UNTERWÜRFIGER STUDENTIN UND ANDERE GESCHICHTEN ERIKA SANDERS

    UNTERWÜRFIGER STUDENTIN

    ERSTER TEIL EMPFEHLUNGSBRIEF

    KAPITEL I

    KAPITEL II

    KAPITEL III

    ZWEITER TEIL DER STUDIERENDE ENTSCHEIDET

    KAPITEL I

    KAPITEL II

    KAPITEL III

    DRITTER TEIL RÖTETER UNTERTEIL

    KAPITEL I

    KAPITEL II

    KAPITEL III

    VIERTER TEIL ÜBER DAS VEREINBARTE GEGENSTAND HINAUS

    SEHR VERSTÄNDNISVOLLER ARZTIN

    IM BÜRO

    ENDE

UNTERWÜRFIGER STUDENTIN UND ANDERE GESCHICHTEN
ERIKA SANDERS

UNTERWÜRFIGER STUDENTIN

ERSTER TEIL
EMPFEHLUNGSBRIEF

KAPITEL I

Cynthia saß vor dem Büro des Professors.

Die Abschlussprüfungen rückten näher, was bedeutete, dass der Professor damit beschäftigt sein würde, sich mit den Studenten zu treffen.

Er wartete mindestens zwanzig Minuten, während die Tür des Lehrers geschlossen blieb.

Ich war etwas nervös, als ich auf diesen Lehrer wartete, der normalerweise streng war.

Als sich die Tür öffnete, sah er, wie der Lehrer mit einem anderen Schüler sprach, der sich gerade zum Gehen bereit machte.

Cynthia stand auf, als die andere Studentin ging, und der Professor richtete seine Aufmerksamkeit auf sie.

Er war ein großer, gut gekleideter Mann, verheiratet und etwa fünfzig Jahre alt.

„Cynthia, es ist schön, dich zu sehen", sagte er. „Du hast ein Date?"

„Nein. Es tut mir leid, Professor. Das ist eine Last-Minute-Sache."

„Ich bin mir sicher, dass Sie meine Richtlinien bezüglich Besprechungen kennen. Ich hoffe, dass zuerst ein Termin vereinbart wird, sonst würde es immer eine lange Schlange vor meiner Tür geben."

Sie holte tief Luft und versuchte, Vertrauen zu gewinnen.

„Das ist mir klar. Aber im Moment ist niemand hier. Ich bin mir sicher, dass Sie für mich eine Ausnahme machen können."

„Gut. Nur weil du ein fleißiger Schüler bist. Komm rein."

Er zeigte ein seltsames Lächeln und bedeutete ihr, sein Büro zu betreten, dann schloss er die Tür.

Der Professor saß hinter seinem Schreibtisch und Cynthia saß vor ihm.

"Wie kann ich dir helfen?" fragte er und machte es sich auf seinem Platz bequem.

„Nun, ich habe in letzter Zeit viel nachgedacht und beschlossen, mich für das nächste Jahr an der juristischen Fakultät zu bewerben. Ich habe bereits den Aufnahmekurs absolviert und eine hohe Punktzahl erreicht. Mein Durchschnitt liegt auch über B+."

Er nickte.

„Eine interessante Wahl. Ich denke, Sie werden im Jurastudium sehr gut abschneiden. Es ist nicht einfach, aber Sie haben auf jeden Fall die Persönlichkeit und den Verstand, es zu schaffen."

„Danke", lächelte er.

„Ich nehme an, Sie möchten ein Empfehlungsschreiben von mir?"

„Deshalb bin ich hier. Du bist der erste Lehrer, den ich jemals gefragt habe, und ich hoffe wirklich, dass du es für mich tust."

„Ich bin also Ihre erste Wahl? Warum? Ich bin neugierig."

Cynthia fühlte sich ein wenig eingeschüchtert.

„Nun, er genießt an dieser Universität einen großartigen Ruf. Und er ist auch der Lehrstuhlinhaber, was meiner Meinung nach bei meiner Bewerbung gut zur Geltung kommen wird."

„Ich habe auch Verbindungen zu führenden juristischen Fakultäten. Wussten Sie das?"

Sie nickte schüchtern.

„Ich wusste es. Ich meine, ich habe es von anderen Studenten gehört. Aber ich war mir nicht sicher, ob es wahr war oder nicht."

„Ich habe enge Freunde, die im Zulassungsausschuss einiger der besten juristischen Fakultäten sitzen. Daher sind meine Empfehlungsschreiben sehr hilfreich."

„Würden Sie darüber nachdenken, mir einen Brief zu schreiben?" sie fragte in einem schüchternen Ton.

„Das kann ich nicht", antwortete er unverblümt. „Leider bist du zu spät."

„Warum? Die Bewerbungsfrist für ein Jurastudium endet Anfang nächsten Jahres."

„Stimmt. Aber ich schreibe nur zwei Empfehlungsschreiben am Ende jedes Semesters. Das ist eine persönliche Politik von mir. Sonst müsste ich Briefe für alle schreiben. Dann wären meine Empfehlungen nutzlos, da jeder meiner Studenten das könnte." Hol dir eins. Ergibt das für dich Sinn, Cynthia?

"Hat es."

„Wenn du früher gekommen wärst, dann hätte ich es für dich getan. Du bist einer der fähigsten Studenten, die ich in den letzten Jahren hatte. Und das bedeutet viel, da diese Universität voller begabter Studenten ist." "

„Wenn Sie glauben, dass ich einer Ihrer besten Schüler bin, warum können Sie dann bei mir keine Ausnahme machen?" sie flehte.

„Ich habe es dir gesagt. Meine Regel sind zwei Empfehlungen pro Semester. Ich halte mich immer an meine Regeln. In all den Jahren meiner Lehrtätigkeit habe ich nie eine Ausnahme gemacht. Niemals."

Sie hielt kurz ihren Kopf gesenkt, bevor sie ihre Fassung wiedererlangte.

„Ich verstehe", antwortete sie und bereitete sich auf den Weg vor. „Vielen Dank für Ihre Zeit, Professor."

„Warte", sagte er und hielt sie auf. „Du weißt, dass ich dieses Jahr in den Ruhestand gehe, oder?"

„Ja, ich habe es gehört".

„Dies wird meine letzte Vorlesung in diesem Semester sein. Ich könnte Ihnen Anfang nächsten Jahres ein Empfehlungsschreiben schreiben, und Sie könnten sich vor Ablauf der Frist an der juristischen Fakultät bewerben. Das würde innerhalb meiner Regeln liegen."

Cynthia lächelte.

„Das hört sich großartig an. Vielen Dank, Professor. Es bedeutet mir wirklich sehr viel."

„Ich sage nicht, dass ich es tun werde. Ich sage, dass ich es könnte."

„Oh, also was muss ich tun?"

„Erzählen Sie mir zunächst, warum Sie Jura studieren möchten. Was ist Ihr ultimatives Ziel?"

Er dachte einen Moment darüber nach, eine gute Antwort zu verfassen.

„Nun, ich wollte immer eine Karriere, in der ich mich großartig für Frauen einsetzen kann. Ich habe mein Hauptfach „Frauen- und Geschlechterforschung" fast abgeschlossen. Ich habe darüber nachgedacht, Journalistin zu werden, wo ich über verschiedene Themen berichten könnte. Aber Meine Eltern sagten mir immer: „Sie haben mich ermutigt, es mit Jura zu versuchen. Ich habe das ganze Semester über darüber nachgedacht , da ich kurz vor meinem Abschluss stehe. Nach langem Überlegen habe ich beschlossen, dass ein Jurastudium das Richtige für mich ist."

Er nickte.

„Sie haben sich darüber sicherlich viele Gedanken gemacht."

„Ja, Sir, das habe ich."

„Was ist mit deinen bisherigen akademischen Leistungen? Gibt es etwas, was ich wissen sollte?"

Sie dachte noch einmal bei sich.

„Nun, ich habe in einigen meiner Kurse mehrere Aufsätze geschrieben, die sich auf Frauenrechte, farbige Frauen und verschiedene soziale Themen in diesem Land und auf der ganzen Welt konzentrieren. Ich habe bei allen eine Eins bekommen."

„Das ist nicht überraschend. Du scheinst mir ein sehr intelligentes Mädchen zu sein. Das gefällt mir an dir."

„Danke", sie errötete.

„Schicken Sie mir alle Aufsätze, die Sie erwähnt haben, per E-Mail zu. Ich würde sie mir gerne ansehen, bevor ich meine Entscheidung treffe."

"Natürlich."

„Ich mag dich wirklich, Cynthia", sagte er. „Ich denke, Sie sind enorm talentiert. Frauen wie Sie sind die Zukunft dieses Landes. Wenn Sie mich davon überzeugen können, dass Sie ein echtes Interesse daran haben, Dinge zu verändern, dann werde ich persönlich meine Freunde an den besten juristischen Fakultäten kontaktieren und alles möglich machen." um dich reinzubringen. Wie hört sich das alles für dich an?"

„Das hört sich wunderbar an, Professor", sagte sie mit einem strahlenden Lächeln. „Ich bin sicher, dass Sie von dem, was ich zu bieten habe, beeindruckt sein werden."

„Daran habe ich keinen Zweifel. Wenn Sie mich jetzt entschuldigen würden, ich habe in etwa fünf Minuten einen Termin vereinbart."

„Oh, natürlich. Vielen Dank."

Cynthia stand auf und schüttelte dem Professor sanft die Hand, während er hinter seinem Schreibtisch sitzen blieb.

Als er das Büro verließ, versuchte er sein Bestes, seine Aufregung im Zaum zu halten.

KAPITEL II

Als Cynthia in ihre kleine Wohnung zurückkehrte, ging sie direkt zum Zimmer ihrer Mitbewohnerin und sah, dass die Tür weit offen stand.

Teresa lag im Bett und nutzte ihren Laptop, um die neuesten Klatschseiten zu durchstöbern.

„Mal sehen, ob du es erraten kannst?" fragte Cynthia rhetorisch. „Tatsächlich sage ich es Ihnen direkt. Er hat zugestimmt, ein Empfehlungsschreiben für mich zu schreiben. Können Sie das glauben?"

Cynthia betrat das Zimmer und setzte sich auf das Bett ihrer Mitbewohnerin.

„Das ist großartig! Wie war es, mit ihm allein zu sein? War es peinlich? Dieser Typ ist ein knallharter Kerl."

„Es war auf jeden Fall einschüchternd, das kann ich Ihnen sagen."

„Und er hat zugestimmt, dir einen Brief zu schreiben?" Fragte Teresa. „Ich habe so viele Geschichten von klugen Studenten gehört, die von Idioten wie ihm abgelehnt wurden."

„Ich glaube, ich habe ihn bei guter Laune erwischt", zuckte Cynthia mit den Schultern. „Aber es wird ein schwieriger Prozess. Er möchte noch ein bisschen mit mir reden und mir dann nächstes Jahr einen Brief schreiben."

„Nächstes Jahr? Ich habe gelesen, dass man bei der Zulassung einen leichten Vorteil hat, wenn man sich frühzeitig für ein Jurastudium bewirbt."

Cynthia lächelte.

„Ich weiß. Aber er hat Verbindungen zu einigen der besten juristischen Fakultäten. Er sagte auch, dass er bereit wäre, ihn in meinem Namen persönlich zu kontaktieren, wenn ich ihn davon überzeugen kann, dass ich es wert bin."

„Oh wow! Das ist unglaublich."

Teresa beugte sich vor und umarmte ihre Freundin fest.

"Danke schön."

„Wie genau wollen Sie ihn überzeugen? Dieser Kerl ist nicht leicht zufriedenzustellen."

Cynthia zuckte mit den Schultern.

„Ich glaube, ich muss ihm ein paar alte Aufsätze zeigen, die ich geschrieben habe. Er äußerte sich zu dem Ganzen etwas vage. Aber ich bin mir bei all dem ziemlich sicher. Ich glaube, er mag mich wirklich. Er hat viele nette Dinge gesagt." ."

„Nun, wenn jemand es verdient, von seinen Verbindungen zu profitieren, dann Sie."

„Danke. Ich drücke die Daumen. Ich hoffe nur, dass er seine Meinung nicht ändert."

„Das wäre die größte Schwanzbewegung der Welt, wenn ich es mir anders überlegen würde", antwortete Teresa. „Aber man weiß es nie. Aber es gibt keine Möglichkeit, seine Meinung zu ändern."

Cynthia lächelte.

„Du hast Recht. Aber ich muss ihn trotzdem beeindrucken. Ich werde alles tun, was nötig ist. Vertrau mir."

"Ich glaube schon."

KAPITEL III

Es war spät in der Nacht, als Cynthia ihre alten Akten bereits durchgesehen hatte.

Sie hatte alle am besten bewerteten Aufsätze, die sie geschrieben hatte, geordnet.

Dann fügte er sie einer Datei bei.

Außerdem gab er seiner Abschlussarbeit für die Vorlesung des Professors den letzten Schliff.

Sie las den letzten Artikel mehrmals, um sicherzustellen, dass er perfekt war.

Dies war ihre Chance, den Mann zu beeindrucken, der möglicherweise den Schlüssel zu ihrer Zukunft in der Hand hielt.

Er fügte alles einer E-Mail bei und schrieb eine Nachricht an den Professor:

"Hallo Lehrer,

Ich hoffe, es geht ihm gut. Vielen Dank, dass Sie sich heute mit mir getroffen haben. Ich weiß, dass Sie eine äußerst beschäftigte Person sind. Ich habe alle Aufsätze beigefügt, die ich sehen wollte. Ich habe bei allen eine Eins bekommen.

Ich habe auch mein Abschlussprojekt für seine Klasse angehängt, das ich vorzeitig abgeschlossen habe. Ich hoffe, dass alles zufriedenstellend ist. Bitte lassen Sie mich wissen, wenn Sie noch etwas von mir benötigen oder sich noch einmal treffen möchten, um alles im Zusammenhang mit dem Empfehlungsschreiben zu besprechen. Ich schätze das alles sehr.

Alles Gute,

„Cynthia"

Er schickte die E-Mail und sie atmete erleichtert auf.

Sie hatte mehrere Stunden lang und ohne viel Ruhe vor ihrem Computer gesessen, um dem Professor die Unterlagen so schnell wie möglich zuzusenden.

Da bis zum Abendessen noch Zeit blieb, überprüfte Cynthia ihre Facebook-Updates, um zu sehen, was es Neues in ihrem sozialen Umfeld gab.

Eine eingehende E-Mail ist eingetroffen.

Es war eine Antwort des Lehrers:

„Wir sehen uns in meinem Büro. Montag um neun Uhr morgens."

Cynthia war ein wenig verblüfft über die kryptische und kurze Antwort-E-Mail des Professors.

Sie fragte sich, ob er sich überhaupt die Mühe gemacht hatte, sich eines der beigefügten Dokumente anzusehen, weil er so schnell geantwortet hatte und ob er die letzten paar Stunden damit verbracht hatte, so hart umsonst zu arbeiten.

Zu diesem Zeitpunkt erhielt er eine weitere E-Mail.

Es war eine weitere Antwort des Lehrers:

„Wir werden die Bedingungen des Empfehlungsschreibens besprechen."

Das war die Botschaft, die sie wollte.

Sie lächelte vor sich hin und wusste, dass die Verbindungen des Professors zu führenden juristischen Fakultäten in greifbarer Nähe waren.

Die jahrelange harte Arbeit zahlte sich endlich aus.

Er musste nur tun, was der Lehrer wollte.

ZWEITER TEIL
DER STUDIERENDE
ENTSCHEIDET

KAPITEL I

Montag.

Früh am Morgen.

Cynthia wartete in einem halbformellen Anzug vor dem Büro des Professors.

Sie wollte dem Lehrer gegenüber kultiviert wirken.

Sie wollte beweisen, dass sie es wert war.

Er kam genau um neun Uhr morgens an.

Er hielt eine kleine, schlichte Papiertüte in der Hand und warf Cynthia kaum einen Blick zu, als sie aufstand, um ihn zu begrüßen.

Sie schüttelten sich die Hände, dann öffnete er die Bürotür und ließ sie ein.

Dann schloss er die Tür.

Die Situation war etwas unangenehm, als der Professor seinen Schreibtisch vorbereitete und seinen Computer einschaltete, während er offenbar den Studenten ignorierte, der vor ihm im Raum stand.

„Ich hoffe, du hattest ein schönes Wochenende", sagte sie und löste damit die Anspannung.

Der Professor saß hinter seinem Schreibtisch und Cynthia saß vor ihm.

„Ich hatte ein tolles Wochenende", antwortete er. „Die meiste Zeit habe ich damit verbracht, Papiere zu sortieren. Aber ich hatte auch Zeit für andere Aktivitäten. Was ist mit dir?"

„Hauptsächlich Schularbeiten. Ich habe fleißig für Prüfungen gelernt und Arbeiten für andere Klassen geschrieben."

Er nickte.

"So wie es sein sollte."

„Apropos, haben Sie die Dokumente gelesen, die ich Ihnen geschickt habe?"

„Nein, das habe ich nicht", antwortete er unverblümt.

„Oh, ich dachte, ich bräuchte sie..."

„Ich werde sie mir nicht ansehen, Cynthia. Ich habe kein Interesse daran, deine Aufsätze für andere Kurse zu lesen. Dafür habe ich keine Zeit."

„Heißt das, dass Sie mir die Empfehlung geben, ohne sie lesen zu müssen?" sie fragte vorsichtig.

"Hat nicht geantwortet. „Man muss es sich noch verdienen."

„Was muss ich dann tun?"

Er sah sie mit einem scharfen Blick an.

„Bist du eine diskrete Person, Cynthia?"

"Was bedeutet das?"

„Bist du in der Lage, ein Geheimnis zu bewahren?"

„Ich war schon immer eine vertrauenswürdige Person. Warum?"

„Ich interessiere mich sehr für dich", sagte er. „Ich bin fasziniert von dir. Aber du musst mir versprechen, dass alles, was wir besprechen, vertraulich bleibt. Kannst du das tun? Wenn das alles klappt, verspreche ich, dass ich mein Bestes tun werde, um dich auf die Schule zu bringen." du willst. Und ich halte immer meine Versprechen."

Cynthia holte tief Luft und versuchte, ihre Fassung zu bewahren.

Sie war sich nicht sicher, wohin das Gespräch führen sollte, aber das Ergebnis gefiel ihr.

Sie wollte seine Hilfe.

„Ich verspreche es. Alles, was wir besprechen, wird ein Geheimnis bleiben."

Er nickte langsam.

"Ich freue mich zu hören, dass."

„Darf ich fragen, worum es geht? Ich verstehe immer noch nicht, was du von mir willst."

„Du hast drei meiner Kurse belegt, richtig?"

"So ist das."

„Du hast mich schon immer fasziniert", sagte er. „Seit dem Tag, an dem wir uns kennengelernt haben, habe ich festgestellt, dass Sie eine interessante Person sind. Und es hat mir immer Spaß gemacht, Ihre Aufsätze zu lesen. Um ehrlich zu sein, lese ich manchmal immer noch Ihre Aufsätze. Ihre Gedanken zu Frauenrechten und sexuellen Freiheiten von Frauen sind ziemlich tiefgreifend.

„Danke, mein Herr".

„Ich habe eine Aufgabe für dich", sagte er. „Es ist völlig von der Tagesordnung. Niemand wird es jemals erfahren. Natürlich ist es optional. Aber wenn du es tust, gebe ich dir in meiner Klasse automatisch eine Eins und helfe dir, an einer erstklassigen juristischen Fakultät aufgenommen zu werden."

Cynthia nickte zögernd.

"Also."

„Es ist eine Leseaufgabe. Ich möchte, dass du den Stoff liest, den ich dir auftrage. Und morgen möchte ich, dass du um neun Uhr morgens wieder hier bist und bereit bist, darüber zu sprechen."

Der Professor nahm die braune Papiertüte und stellte sie vor Cynthia auf seinen Schreibtisch.

„Worum geht es in der Leseaufgabe?" fragte sie verwirrt.

„Alles in dieser Tasche ist für Sie. Betrachten Sie es als Geschenk. Öffnen Sie es erst spät in der Nacht. Und ich möchte, dass Sie die markierte Geschichte lesen, bevor Sie schlafen gehen. Ich möchte Ihre Einsicht aufgrund Ihrer interessanten Perspektive auf die Probleme von Frauen. Können Sie das für mich tun?"

"Dürfen."

„Gut", er nickte. „Wenn Sie mich jetzt entschuldigen würden, ich habe einen anstrengenden Tag. Ich bin sicher, dass Sie heute auch beschäftigt sind."

"Danke schön Professor."

Cynthia stand auf und schüttelte dem Professor die Hand.

Anschließend nahm er die braune Tasche und verließ das Büro.

Er machte sich nicht die Mühe, in die Tasche zu schauen. Ich hatte zu viel Angst, hinzusehen.

KAPITEL II

In dieser Nacht lag Cynthia im Bett, das Licht war noch an.

Er hatte gerade seine strenge abendliche Lernroutine beendet.

Seine Augen schmerzten.

Und sie war geistig erschöpft.

Er schaute auf den Tisch neben seinem Bett und sah die braune Tasche.

Er hatte es fast vergessen.

Die Nacht war also noch nicht vorbei.

Er setzte sich auf das Bett und nahm die Tasche.

Als Cynthia die Tüte öffnete, war sie schockiert über das, was sie sah.

Es gab einen mittelgroßen rosafarbenen Dildo, der wie ein Männerpenis geformt war.

Er hob es auf, betrachtete es und fragte sich, ob es ein Fehler war.

Vielleicht hat mir der Lehrer die falsche Tasche gegeben?

Warum hat er das?

Aber er kam zu dem Schluss, dass kein Fehler vorlag.

Der Professor sei zu präzise und intelligent, um solche Fehler zu machen, dachte er.

Sie legte den Dildo auf ihr Bett und griff in den Boden der Tasche.

Das Einzige, was da war, war auch ein sehr großes Buch.

Es war alt und abgenutzt.

Sie schaute auf das Cover.

Es war eine Zusammenstellung mehrerer BDSM-Geschichten.

Er warf einen Blick auf das Register und sah, dass es in allen Geschichten um Sex ging.

Und nicht irgendeine Art von Sex, sondern Geschichten über Dominanz und Unterwerfung.

„Das ist sexuelle Belästigung!" Gedanke.

Cynthia klappte das Buch zu und legte es auf den Tisch in der Nähe.

Ich war wütend, schockiert und traurig.

Sie wusste nicht, wie sie sich fühlen sollte.

Dann erinnerte er sich an den Kommentar des Lehrers, dass das Lesen optional sei.

Sie dachte, sie müsse tun, was immer er verlangte.

Aber dann würde sie auch nichts bekommen.

Nachdem er einige Augenblicke nachgedacht hatte, wurde ihm klar, dass es keinen Schaden gab.

Es war nur ein Buch.

Er musste lediglich vorlesen, was er erreicht hätte, und es mit dem Lehrer besprechen.

Dann würde sie die Hilfe des Lehrers in Anspruch nehmen.

Der Dildo landete später im Müll, wo er hingehörte.

Nach einem tiefen Atemzug nahm sie das Buch und lehnte sich auf das Kissen, um es sich bequem zu machen. In der Mitte des Buches befand sich ein Lesezeichen. Er öffnete es und fand die Geschichte, die ihm der Lehrer aufgetragen hatte.

Sie begann zu lesen.

~~~

Zusammenfassung der Geschichte:

Erika war eine unabhängige Frau, Künstlerin und feministische Aktivistin für Frauenrechte.

Er betrieb eine erfolgreiche Kunstgalerie im Stadtzentrum.

Er wird von einem Mann namens Robert angesprochen, der ihm anbietet, einige seiner eigenen Arbeiten zu verkaufen.

Er zeigt ihr Fotos und sie ist sehr beeindruckt von den Gemälden, die auf seinen Fotos zu sehen sind.

Doch als sie sein kleines Studio besucht, stellt sie fest, dass die meisten seiner Arbeiten mit BDSM zu tun haben und dass dies auf seinen Fotos nicht zu sehen ist.

An der Wand hingen Bilder von gefesselten und vergnügten Frauen.

Erika teilt Robert höflich mit, dass sie mit dem Inhalt seiner Bilder nicht einverstanden ist, und lehnt dann sein Angebot zum Kauf eines Kunstwerks ab.

Tage später bittet Robert weiterhin um eine Geschäftsbeziehung mit ihr.

Er schickt ihr weitere Fotos per E-Mail, auf denen die Frauen dieses Mal gefesselt und geknebelt zu sehen sind.

Dann gab es Fotos von Frauen in verschiedenen Zuständen intensiven Orgasmus.

Erika fühlte sich durch die Bilder in Konflikt gebracht.

Sie fand sie unanständig, aber geschmackvoll.

Sie waren auf jeden Fall irgendwie anregend für sie.

Sie war fasziniert.

Sie erklärte sich bereit, ihn erneut zu treffen, um einen möglichen Deal zu besprechen.

In seinem kleinen Studio überzeugte Robert sie davon, dass BDSM gar nicht so schlimm sei.

Er überzeugte sie davon, dass es etwas Schönes sei und dass Frauen viel Freude daran hätten.

Erika war skeptisch, stimmte aber auf Roberts Bitte hin einer leichten Fesselung zu.

Das öffnete ihm die Tür, Erika zu seinem neuen BDSM-Fetisch zu machen.

~~~

Nachdem sie die Geschichte gelesen hatte, war Cynthia leicht aufgeregt.

Angesichts des Stresses der bevorstehenden Abschlussprüfungen war Sex das Letzte, woran ich dachte, aber die Geschichte hat das geändert.

Sie war nass zwischen ihren Beinen.

Ich war fasziniert von den Charakteren.

Sie war fasziniert von der Idee, dass die weibliche Figur in der Geschichte gefesselt und sexuell missbraucht wird.

Plötzlich schien der braune Taschendildo keine so schlechte Idee mehr zu sein ...

KAPITEL III

Am nächsten Tag.

Cynthia saß vor dem Lehrerpult.

Er sah sie nur an, ohne ein Wort zu sagen.

Er trank noch einen Schluck Kaffee.

Je länger das Schweigen anhielt, desto unangenehmer wurde ihr Wiedersehen.

„Ich möchte wissen, wie du dich dabei gefühlt hast", sagte er und brach das Schweigen. „Ich möchte wissen, wie dein Verstand bis ins kleinste Detail funktioniert. Bist du damit einverstanden?"

"Ich bin."

„Hast du die Geschichte gelesen, die ich dir zugewiesen habe?"

„Das habe ich. Ich fand es gut geschrieben."

„Was hast du sonst noch darüber nachgedacht?" fragte. „Was halten Sie von der Entwicklung der Hauptfigur?"

Cynthia hielt einen Moment inne.

„Ich denke, die Entwicklung der Hauptfigur ist für viele Menschen üblich. Ich habe im Laufe der Jahre viel über Sexualität geforscht. Menschen entdecken im Laufe ihres Lebens ständig ihre Fetische. An sexueller Erkundung ist absolut nichts auszusetzen." „Das gehört dazu." menschlich sein."

„Glauben Sie, dass diese Geschichte realistisch war? Glauben Sie, dass so etwas einer gläubigen Feministin passieren könnte?"

"Warum nicht?" sie antwortete . „Die Figur in dieser Geschichte ist menschlich wie alle anderen. Die Tatsache, dass sie eine Feministin ist, hat wahrscheinlich das Tabu, sich einem dominanten Mann unterzuordnen, verstärkt. Nur weil jemand eine Feministin ist, heißt das nicht, dass er kein erfülltes Sexualleben genießen kann." . ".

Er lächelte.

„Du bist ein sehr intelligentes Mädchen. Ich genieße es, deiner Einsicht zuzuhören."

„Bedeutet das, dass ich Ihre Empfehlung verdient habe?"

„Noch nicht. Ich möchte wissen, ob du das Spielzeug benutzt hast, das ich dir gegeben habe. Hast du es bei dir selbst benutzt, während du die Geschichte gelesen hast? Oder hast du es danach benutzt?"

Ein fassungsloser Ausdruck erschien auf seinem Gesicht.

"Was bedeutet das?"

„Hast du den Dildo an dir selbst benutzt?"

„Ich...ich verstehe nicht, dass dich das etwas angeht."

„Was Sie sagen, bleibt vertraulich. Ich gehe Ende des Jahres in den Ruhestand, wissen Sie schon? In ein paar Wochen werden Sie mich nicht wiedersehen."

Sie dachte einen Moment nach.

„Ich habe den Dildo an mir selbst benutzt, nachdem ich die Geschichte gelesen hatte."

"Was hast du dir dabei gedacht?"

„Über die Hauptfigur am Ende der Geschichte. Sie wissen schon, gefesselt zu sein."

„Hatten Sie schon immer einen Bondage-Fetisch?" er fragte .

„Ich halte das nicht für angemessen. Ich habe bereits alles getan, worum Sie gebeten haben."

„Wir haben noch viel Zeit", antwortete er. „Du bist ein ganz besonderes Mädchen. Du arbeitest hart und bist sehr zielstrebig. Ich schätze diese Eigenschaften und möchte, dass du die Freuden des Lebens erlebst. Ich versuche nicht, dich zu täuschen. Du solltest mir in dieser Hinsicht vertrauen."

"Was willst du von mir?"

„Im Moment gebe ich dir eine andere Aufgabe."

„Es wird das letzte sein?"

„Vielleicht", antwortete er. „Im Moment hast du eine Eins in meiner Klasse. Das ist alles. Wenn du mir zuhörst, werde ich meine Kontakte für dich nutzen."

„Gut", sie nickte.

„Lesen Sie die siebte Geschichte in diesem Buch. Dann möchte ich, dass Sie mit dem Dildo masturbieren. Morgen werden wir uns wiedersehen. Wir werden über die Geschichte sprechen. Und ich möchte, dass Sie mir alles über Ihren Orgasmus erzählen. Können Sie das?"

"Ja."

„Gut. Und wir werden uns nicht in meinem Büro treffen. Ich schicke dir morgen früh den Treffpunkt. Verstanden?"

„Versprichst du mir, deine Verbindungen für mich zu nutzen?"

"Das verspreche ich."

„Dann ist es ein Deal."

DRITTER TEIL
RÖTETER UNTERTEIL

KAPITEL I

Später in derselben Nacht.

Cynthia und Teresa spülten nach dem Abendessen gemeinsam das Geschirr.

Sie hatten auch zusammen gekocht.

Nachdem sie das Geschirr abgetrocknet und auf den Ständer gestellt hatte, legte Teresa das Handtuch ab und lehnte sich gegen die Arbeitsplatte.

„Das ist die schlimmste letzte Woche meines Lebens", stöhnte Teresa. „Warum musste ich Biologie als Hauptfach studieren?"

„Weil du Gutes aus deinem Leben machen willst. Es wird sich lohnen."

"Also denkst du?"

„Das hoffe ich", zuckte Cynthia mit den Schultern.

„Nun, das ist beruhigend."

Auch Cynthia lehnte sich an die Küchentheke und blickte ihre beste Freundin an.

„Ich kann nicht glauben, wie weit wir gekommen sind", sagte er. „Als wir jung waren, haben wir darüber gesprochen, erwachsen zu sein. Schauen Sie uns jetzt an. Wir stehen vor einer großartigen Karriere."

Teresa lächelte.

„Noch ein Semester und dann sind wir keine Mitbewohner mehr. Wenn ich daran denke, muss ich weinen."

„Uns wird es gut gehen. Es ist das Beste."

Teresa nickte.

„Du hast recht. So wie es läuft, bist du auf dem Weg zur besten juristischen Fakultät des Landes."

„Der Deal ist noch nicht zustande gekommen."

„Was ist eigentlich mit diesem Kerl los? Warum schreibt er nicht einfach das verdammte Ding und bringt es hinter sich wie ein normaler Professor?"

„Er will nur gründlich sein, das ist alles", antwortete Cynthia. „Ich denke, wir werden nach einer weiteren Runde Fragen zu meinem akademischen Werdegang und meinen zukünftigen Zielen abschließen. Und so etwas."

„Wenn ich es nicht besser wüsste, würde ich sagen, dass dieser Typ daran interessiert ist, etwas mit dir zu haben", antwortete Teresa mit einem schlechten Wortspiel.

"Was bringt dich dazu das zu sagen?"

„Die Art, wie er dich im Unterricht zur Rede stellt. Die Art, wie er dich ansieht. Für mich ist das jedenfalls irgendwie offensichtlich."

„Er behandelt alle im Unterricht gleich. Außerdem ist er verheiratet."

„Es ist seltsam, dass ich in letzter Zeit so viel Zeit mit dir verbracht habe", bemerkte Teresa. „Bist du zufällig in ihn verliebt?"

"NEIN!" Cynthia reagierte amüsiert und entsetzt. „Wie kann man so etwas sagen?"

Teresa machte ein lustiges Gesicht.

„Gott. Das habe ich mich nur gefragt. Jesus. Sei nicht so defensiv."

„Jedenfalls bleibt später noch viel Zeit, darüber zu scherzen. Im Moment muss ich lernen. Du bist nicht der Einzige mit harten Prüfungen."

„Dann machen wir uns besser an die Bücher."

"So ist das."

KAPITEL II

Nachdem sie die Tür geschlossen hatte, lag Cynthia bequem auf dem Bett und lehnte sich gegen das Kissen.

Es war seine Lieblingsposition zum Lernen.

Sie ging schnell die Bücher und Notizen aus ihrem Unterricht durch.

Sie war bereits vorbereitet und alles war schneller als geplant.

Er schloss das Material und gönnte seinen Augen kurz eine Ruhepause.

Die Hausaufgaben des Lehrers standen noch aus.

Er fragte sich kurz, ob Teresa Recht hatte, dass sie sich ein wenig in ihn verknallt hatte.

Die Macht, die er über sie hatte, war ein großes Tabu.

Cynthia legte ihre Schulsachen beiseite und nahm das große BDSM-Buch zur Hand. Er kehrte zu seiner bequemen Position auf dem Bett zurück und schlug das Buch zur siebten Geschichte auf.

Er begann zu lesen.

~~~

Zusammenfassung der Geschichte:

Samantha war eine erfolgreiche Geschäftsfrau.

Sie hatte ein großes Büro in einer Firmenzentrale.

Er hatte sich daran gewöhnt, starken Männern Befehle zu erteilen.

Das Unternehmen, für das er arbeitete, war von einem anderen Unternehmen übernommen worden.

Plötzlich hatte sie einen neuen männlichen Chef.

Samanthas neuer Chef war ganz anders als alle anderen, mit denen sie in der Vergangenheit zusammengearbeitet hatte.

Der neue Chef ließ sich von ihrer Schönheit nicht einschüchtern.

Er strahlte Selbstvertrauen aus und Samanthas Sexappeal wirkte bei ihm nicht.

Er etablierte sich sofort als der Verantwortliche.

Er etablierte sich als ihr Vorgesetzter.

Am Ende der Geschichte erhielt sie wöchentliche Besuche von ihm in ihrem Privatbüro, um ihn wissen zu lassen, dass sie unterwürfig war.

Samantha fand sich gefesselt und ausgepeitscht auf ihrem eigenen Schreibtisch wieder.

Er benutzte das Loch, das ihm am besten passte.

Manchmal fickte er sie in den Mund, manchmal fickte er sie anal .

Dies war seine neue Rolle im Unternehmen.

~~~

Cynthia klappte das Buch zu und breitete ihre Arme und Beine auf dem Bett aus.

Es gab ein Kribbeln zwischen ihren Schenkeln.

Tief in ihrem Inneren fühlte sie sich schuldig, von einer Geschichte erregt zu werden, in der ein Mann eine starke Frau sexuell erniedrigte.

Aber sie war trotzdem aufgeregt.

Die Aufgabe des Lehrers war klar: Er wollte, dass sie den Dildo benutzte.

Er griff in seine Schublade, um das Sexspielzeug zu holen.

Dann zog er seine Unterkleidung komplett aus.

Sie lag mit gespreizten Beinen auf dem Bett und begann, ihre Muschi mit ihren Fingern zu streicheln.

Als sie ausreichend erregt und nass war, führte sie das Sexspielzeug hinein.

Das Spielzeug ging in ihre Muschi hinein und wieder heraus.

Er hielt die Augen geschlossen.

Sie stellte sich unzüchtige Gedanken vor, wie die weibliche Figur in dem Buch oral gefickt wurde, während sie an ihren Schreibtisch gefesselt war.

Sie versuchte, ihre Masturbation ruhig zu halten, damit Teresa sie nicht hörte.

Sein Geist war beschäftigt, ebenso wie seine Finger, die das Sexspielzeug führten.

Schon bald krümmten sich seine Zehen und sein Rücken krümmte sich leicht.

Sie schloss ihren Mund, um keine lauten Stöhngeräusche von sich zu geben.

Sie kam.

Dann entspannte sich sein Körper und er legte sich mit einem Glücksgefühl auf das Bett.

Es war eine sehr schmutzige Fantasie gewesen.

Wenn ich das nur früher entdeckt hätte...

KAPITEL III

Am nächsten Tag.

Es war acht Uhr morgens.

Cynthia hatte die Anweisungen befolgt, die ihr der Professor per E-Mail geschickt hatte.

Sie trug ein schönes Oberteil mit Knöpfen und einen Bleistiftrock im Bürostil.

Anstatt sich in seinem Büro zu treffen, trafen sie sich vor einem leeren Klassenzimmer, das er mit seinem Schlüssel aufschloss.

Er trug eine Papiertüte.

Nachdem sie das Klassenzimmer betreten hatten, schloss er die Tür ab.

„Setzen Sie sich", sagte er und schaltete das Licht ein.

„Ich bin heute etwas nervös", sagte Cynthia fast spielerisch, als sie durch den leeren Raum ging.

"Weil?"

„Alles, was wir gemacht haben. Dieses Klassenzimmer."

„Seien Sie nicht nervös", antwortete er. „Das musst du nicht sein."

"Ich hoffe nicht."

Cynthia saß in der ersten Reihe des großen Klassenzimmers.

„Gute Wahl", lächelte er. „Gute Mädchen sitzen immer in der ersten Reihe. Ich mag gute Mädchen."

"Hast du das schon einmal gemacht?"

„Was erledigt?"

„Das", antwortete sie. „Haben Sie im Gegenzug für Ihr Empfehlungsschreiben oder eine gute Note andere Schüler dazu gebracht, sexuelle Dinge für Sie zu tun?"

„Ich habe eine prestigeträchtige akademische Karriere, Cynthia. Ich würde meinen Ruf nicht aufs Spiel setzen, indem ich zufällige Studenten um einen Gefallen bitte.

„Warum machst du das dann mit mir?"

„Weil du etwas Besonderes bist", sagte er unverblümt. „Du hast mich fasziniert, seit ich dich das erste Mal gesehen habe. Du hast mich jedes Mal fasziniert, wenn du im Unterricht sprichst und jedes Mal, wenn ich deine Arbeit lese. Du bist ein besonderer Mensch. Und du bist die schönste Schülerin, die ich je hatte."

„Schmeichelhafte Worte, aber woher weißt du, dass ich keine Anzeige gegen dich wegen sexueller Belästigung erstatte? Das habe ich schon bei anderen Männern gemacht."

„Das wirst du nicht. Du bist zu entschlossen, das jetzt zu beenden. Ich habe etwas, das du unbedingt haben willst. Sollen wir also jetzt anfangen? Je früher wir anfangen, desto eher sind wir fertig."

Sie nickte langsam.

"Nach vorne."

„Hast du die Geschichte gestern Abend gelesen?"

"Ich tat es."

"Was denkst du darüber?"

Sie dachte einen Moment nach.

„Ich fand es spannend. Ich hatte so etwas noch nie zuvor gelesen. Ich hatte immer das Gefühl, dass Sex zwischen Männern und Frauen gleich sein sollte. Alles sollte gleich sein. Und offensichtlich sind meine politischen Neigungen eher feministisch. Aber es war sehr." Es ist spannend, es zu lesen. Ich habe es geliebt."

„Ich gehe davon aus, dass du wieder mit dem Dildo masturbiert hast."

"Ich tat."

„Woran haben Sie dabei konkret gedacht?" fragte.

„Die weibliche Figur ist an ihren Schreibtisch gefesselt. Sie wird benutzt. So etwas. Das war der erotischste Teil der Geschichte."

Der Professor deutete auf seine braune Tasche.

„Ich dachte, diese Szene würde dir gefallen. Zum Glück war ich vorbereitet. Und zum Glück sind wir in einem leeren Klassenzimmer mit einem großen Schreibtisch. Möchtest du mit etwas Neuem experimentieren?"

"Das denke ich nicht ..."

„Die Tür ist geschlossen, Cynthia. Niemand wird es jemals erfahren. Und ich werde es nie erzählen. Ich habe zu viel zu verlieren. Ich gehe zum Jahresende in den Ruhestand und du wirst mich nie wieder sehen müssen. Ich kann dir auch helfen." mit Stipendien und anderen Möglichkeiten, Ihre Ausbildung erschwinglicher zu machen. Wir können uns gegenseitig helfen."

Einen Moment lang kämpfte er emotional.

„Ich weiß es nicht. Ich bin nicht so ein Mensch."

„Ich erledige die ganze Arbeit. Du musst nichts tun. Ich werde dich weder oral noch vaginal penetrieren. Ich möchte nur etwas erkunden."

„Was ist, wenn ich aufhören möchte?" Sie fragte.

„Dann werden wir aufhören."

"OKAY."

„Kommen Sie nach vorne in die Klasse. Legen Sie sich mit dem Bauch auf den Lehrertisch."

Cynthia stand auf und ging zum Lehrertisch.

Sie versuchte ihr Bestes, ein mutiges Gesicht aufzusetzen.

Es war eine Grenze, von der sie nie gedacht hätte, dass sie sie mit einem Mann überschreiten würde, aber sie tat es.

Sie war bereit, ihren Körper von einem viel älteren Lehrer benutzen zu lassen, nur um ihre Ausbildung voranzutreiben.

Sie schwor sich, dass niemand das jemals erfahren würde.

Er legte seinen Bauch und seine Brust auf den Tisch und blickte in das leere Klassenzimmer.

Sie schloss die Augen, fast beschämt.

Sie hörte den Professor hinter sich gehen.

Dann spürte sie, wie seine Hände sanft über ihren Büro-Bleistiftrock glitten und ihn hochhoben.

„Entspann dich", sagte er. „Ich werde nett zu dir sein. Bei mir bist du in Sicherheit."

Die Lehrerin zog sanft ihr Höschen herunter und hob jeden Fuß an, damit er sie ausziehen konnte.

Mit hochgezogenem Kleid und ohne Höschen fühlte sie sich verletzlich und entblößt.

Er hörte, wie sich die Papiertüte knarrend öffnete.

Sie kniff weiterhin die Augen zusammen.

Ich hatte zu viel Angst, hinzusehen.

Dann spürte er, wie seine Knöchel mit einem weichen Seil gefesselt wurden.

Sie leistete keinen Widerstand und erhob keine Einwände.

Es ging sehr schnell.

Bevor sie zweimal darüber nachdachte, wurden ihre Knöchel an die Enden der Tischbeine gefesselt.

Der Professor ging um den Tisch herum und wiederholte den Vorgang mit seinen Handgelenken.

In einem ebenso schnellen Vorgang wurden Cynthias Handgelenke an das Ende des Tisches gefesselt.

Sie war völlig gefesselt und gefesselt.

„Bitte entspannen Sie sich", sagte er. „So wird es einfacher."

Die Lehrerin gab Cynthia sanft einen Klaps auf den nackten Hintern.

Es war ein Schock und eine Überraschung für sie.

Dadurch weiteten sich seine Augen.

Selbst als sie klein war, wurde sie nie verprügelt.

Es war eine neue Sensation.

Bevor sie die Situation emotional verarbeiten konnte, kam eine weitere Tracht Prügel.

Dann ein anderer.

Die sanften Schläge wurden immer härter.

Die Schläge hallten im großen Klassenzimmer der Universität wider.

"Wie fühlen Sie sich?" er fragte ihn väterlich. „Können Sie damit umgehen?"

„Es brennt ein wenig."

„Es wird bald vorbei sein. Je früher du kommst, desto schneller sind wir fertig."

Seine Augen blieben weit geöffnet.

Wie lange dauert es, bis ich komme?

Er hatte vor, sie zum Orgasmus zu bringen, und sie wehrte sich nicht.

Sie wehrte sich nicht.

Sie sagte ihm nicht, er solle sich verpissen.

Ihre feministischen Werte zerfielen, und tief in ihrem Inneren gefiel es ihr.

Er hörte das Geräusch des Professors, der in seine braune Tasche griff.

Ich war nervös und wusste nicht, was mich erwarten würde.

Als er die Tasche fallen ließ, entdeckte sie, wonach sie gesucht hatte.

Es gab einen weiteren Schlag auf ihren entblößten Hintern.

Es war nicht mit seiner Hand.

Jetzt hatte ich eine kleine Gummischaufel.

Die Schaufel tat mehr weh als seine bloße Hand.

Ich hatte ein stechendes Gefühl.

Er schlug weiterhin auf ihren nackten Hintern ein.

Es fing an, mehr zu schmerzen.

Sein Hintern nahm einen leuchtend roten Farbton an.

Sie biss sich auf die Unterlippe und versuchte, nicht wie ein dummes kleines Mädchen zu weinen.

Sie wollte vor ihrem dominanten und starken Lehrer nicht schwach erscheinen.

Der Schmerz wuchs.

Der Lehrer schlug immer härter und schneller zu.

Sie wollte weinen.

Plötzlich blieb er stehen.

Sie hörte zu, wie er das Paddel auf den Tisch legte, und dann kniete er sich hin, um sanft ihren brennenden Hintern zu streicheln.

Er rieb es sanft.

Er gab ihr sanfte Küsse.

Dann griff er nach unten und spielte mit ihrer geschwollenen Klitoris.

„Oh...", stöhnte sie.

Während der Tracht Prügel konnte sie Geräusche vermeiden, aber nicht wegen der direkten Stimulation ihrer geschwollenen Klitoris.

Der Professor rieb mit zwei Fingern in schnellen kreisenden Bewegungen ihren Kitzler.

Mit der anderen Hand streichelte er weiterhin ihren wunden Hintern.

Er küsste weiterhin sanft ihren Arsch, als würde er ihn anbeten.

Er hat es sogar ein paar Mal geleckt.

„Ich glaube, ich komme gleich", gab sie peinlich zu.

„Komm für mich, Liebling. Sei mein kleines Sexkätzchen und erlebe einen wundervollen Orgasmus."

Er drückte sein Gesicht gegen ihren wunden Hintern und rieb weiterhin wütend ihren Kitzler.

Cynthias Augen verdrehten sich.

Sein Mund war weit geöffnet.

Sein Körper war angespannt.

Die Muskeln in seinem Rücken und seinen Beinen zogen sich an, aber er konnte sich nicht bewegen, da seine Gliedmaßen an den Schreibtisch gefesselt waren.

Leises Stöhnen kam aus seinem Mund.

Bald strömte ein kleiner Strom klarer Flüssigkeit aus ihrer heißen Muschi.

Der Professor hörte mit seinen Bewegungen mit den Fingern nicht auf, bis alles draußen war.

Dann gab er ihr noch einen Kuss auf den Arsch.

Der Professor stand auf und küsste Cynthia auf die Seite ihres Gesichts.

Er küsste sie auch ein paar Mal aufs Haar.

Als der Professor Cynthia losfesselte, saß sie in der Embryostellung auf dem Boden.

Sein Körper fühlte sich an wie Gelee.

Seine Kraft war verschwunden.

Der Professor saß neben ihr auf dem Boden.

„Du bist wunderbar", sagte er. "Wirklich wunderschön."

"Ist es das was du wolltest?" Sie antwortete mit einem tiefen Atemzug.

„Es war mehr als ich wollte. Du bist wirklich großartig."

„Heißt das, wir sind fertig?" Sie fragte, unsicher, ob er wollte, dass es endete oder nicht.

„Nein. Wir sind noch nicht einmal annähernd fertig. Bis jetzt hast du in meiner Klasse eine Eins+ bekommen. Aber du hast meine Kontakte noch nicht verdient. Wenn du weitermachst, werde ich mein Bestes tun, um dich zu erreichen." in die juristische Fakultät Ihrer Wahl. Und ich helfe Ihnen, Stipendien zu bekommen, mit denen Sie alles finanzieren können.

„Das muss ich tun?"

„Jetzt möchte ich, dass du weiter für deine anderen Prüfungen lernst. Du bist ein Typ-A-Schüler. Du solltest dich so verhalten."

"Und dann?" Sie fragte. „Was wird passieren, nachdem er die Prüfungen abgelegt hat?"

„Haben Sie vor, irgendwohin zu gehen? Wohnen Sie in der Nähe des Hauses Ihrer Familie? Oder wohnen Sie in einem Gemeinschaftswohnheim?"

„Ich teile eine Wohnung mit meinem Mitbewohner. Nach der Abschlusswoche fahren wir beide nach Hause. Wir haben Flüge geplant. Warum?"

Der Professor fuhr sich mit der Hand durchs Haar.

„Stornieren Sie Ihren Flug. Verlegen Sie ihn auf ein paar Tage später."

„Aber meine Familie? Sie erwarten mich bald zu Hause."

„Ich brauche nur ein paar Tage. Sag ihnen, dass du ein wichtiges Projekt für die Schule fertigstellst. Sie werden es verstehen."

"Was werden wir machen?" Sie fragte.

„Wenn deine Mitbewohnerin weggeht, möchte ich deine Wohnung besichtigen. Ich möchte sehen, wie du lebst. Ich möchte mir Zeit mit dir nehmen. Ich möchte, dass wir zusammen alleine sind. Ich bin auf persönlicher Ebene neugierig auf dich Ich habe bereits erwähnt, dass ich großes Interesse an dir habe. „Du faszinierst mich."

„Was ist mit... sexuell... Was sind deine Pläne für mich?"

Er lächelte.

„Das werden wir schon herausfinden."

„Du wirst mich nicht verarschen. Ich habe einen Freund und da ziehe ich die Grenze."

„Was kannst du dann für mich tun?"

Sie dachte einen Moment nach.

„Du kannst mich noch einmal versohlen."

„Wirst du meinen Schwanz lutschen?"

Sie nickte zögernd.

„Okay. Aber das wäre es."

„Wir machen uns besser auf den Weg. Vergiss dein Höschen nicht. Es liegt auf dem Tisch. Und vergiss unsere Pläne nicht. Ich verspreche, es wird sich alles lohnen."

Damit stand der Professor auf und steckte die Seile und das Paddel zurück in die braune Tasche.

Dann ging er und ließ sie allein im Wohnzimmer zurück.

Cynthia saß weiterhin in der fötalen Position, während sie ihre Gedanken sammelte.

Das Orgasmusgefühl durchströmte immer noch ihren Körper.

Er konnte immer noch nicht sagen, ob er die Erfahrung der Sklaverei liebte oder ob er sie hasste.

Doch die kleine Flüssigkeitspfütze, die er zurückließ, gab ihm die Antwort.

VIERTER TEIL
ÜBER DAS VEREINBARTE
GEGENSTAND HINAUS

Eine Woche später.

Cynthia schaute aus dem Fenster ihrer Wohnung, um die Aussicht zu genießen, die sich vor ihrem Haus bot.

Ich war alleine.

Teresa war bereits gegangen, nachdem sie alle Abschlussprüfungen abgeschlossen hatte.

Cynthia hätte auch gehen sollen.

Sie hätte inzwischen zu Hause bei ihrer Familie sein sollen.

Stattdessen wartete sie auf den Professor.

Ich hatte ihm bereits die Adresse gegeben.

Sie wartete in meditativem Zustand darauf, dass er kam.

Sie trug ein hübsches blaues Kleid.

Es war elegant und lässig.

Sie war barfuß und trug nichts unter ihrem Kleid.

Alles, was er mit dem Professor gemacht hatte, war gegen seine Natur.

Er war gegen die starken Werte, mit denen er aufgewachsen war.

Und es widersprach den Werten, die ich als zukünftiger Anwalt verteidigen wollte.

Aber die Lehrerin hatte ihr den besten Orgasmus ihres Lebens beschert.

Ich dachte jeden Tag an diesen Orgasmus.

Er masturbierte jeden Abend und dachte an den Lehrer.

Er fragte sich, was er geplant hatte.

Es klingelte an der Haustür und sie ließ den Professor ins Gebäude.

Sie öffnete die Wohnungstür und wartete auf ihn.

Als er aus dem Aufzug auf den Boden seiner Wohnung trat, lächelte sie ihn an.

Er trug ein halblässiges Outfit und trug eine braune Papiertüte.

Sie begrüßten sich und er betrat seine Wohnung selbstbewusst, als würde er dort wohnen.

Cynthia schloss die Tür und er sah sich im Raum um, nachdem er seine Schuhe ausgezogen hatte.

„Wunderschöner Ort", sagte er, während er den Raum weiter beäugte.

„Danke. Ich lebe hier seit fast vier Jahren mit meiner Mitbewohnerin. Wir haben unser Bestes gegeben."

„Hast du deinem Mitbewohner davon erzählt?"

„Nein. Um Himmels willen, nein. Ich habe es niemandem erzählt. Und das werde ich auch nie tun."

„Ich sollte so weitermachen", nickte er. „Du siehst in diesem Kleid umwerfend aus. Du bist wie ein Geschenk, das darauf wartet, geöffnet zu werden."

„Danke", antwortete er nervös. "Kann ich dir etwas zu trinken bringen?"

„Mir geht es gut. Stört es dich, wenn wir uns hinsetzen und reden?"
"Natürlich."

Sie saßen beide auf der Couch im Wohnzimmer.

„Ich habe ein Geschenk für dich", sagte er.

Er griff in die braune Tüte und reichte Cynthia einen Umschlag.

Sie öffnete es und sah auf einem Blatt Papier einen getippten Brief mit den offiziellen Zeichen und Titeln der Universität.

Er blätterte schnell durch die Seite.

Es war ein begeistertes Empfehlungsschreiben des Professors, der sagte, dass Cynthia zweifellos die klügste Studentin sei, die er je getroffen habe.

Er lobte auch überschwänglich seinen moralischen Charakter und seine Arbeitsmoral.

Es gab sogar eine lange Stellungnahme zu Cynthias Leidenschaft für Frauenrechte.

„Ich... ich bin sprachlos", brachte sie heraus. „Das ist wunderbar. Es ist besser als alles, was für mich hätte geschrieben werden können."

„Diesen Brief werden Sie wahrscheinlich nicht brauchen. Ich habe bereits mit einem alten Freund gesprochen, der an einer erstklassigen juristischen Fakultät arbeitet. Ihre Bewerbung wird einer Sonderprüfung unterzogen."

"Welche Schule?"

„Ein höheres Niveau. Dort wird man sehr glücklich sein. Ich habe auch mit Leuten über mögliche Stipendien gesprochen. In diesen Tagen wird alles geregelt."

Sie legte ihre Hände auf seine Brust.

„Du hast keine Ahnung, wie glücklich mich das macht. Ich meine, WOW. Das ist mehr, als ich mir jemals erhofft hätte. Das wird mein Leben wirklich verändern."

„Ich habe noch nie so viel für einen Studenten getan. Ich mache das nur für dich."

„Ich weiß nicht, was ich sagen soll".

„Du musst nichts sagen", sagte er streng. „Wenn du deine Dankbarkeit ausdrücken willst, zieh dein Kleid aus."

Es war ein ernüchternder Moment.

Sein sorgloser Moment der Aufregung wurde mit der Realität beantwortet, dass es Bedingungen zu erfüllen gab.

Sie holte tief Luft und stand auf.

Ihre Augen waren aufeinander gerichtet.

Seine Finger kniffen in den Saum ihres blauen Kleides.

Dann zog sie ihr Kleid über ihren Kopf und enthüllte ihre schlanken Beine, ihre rasierte Muschi und ihre frechen kleinen Brüste mit rosa Brustwarzen.

Sie stand nackt vor ihm und versuchte ihr Bestes, ein mutiges Gesicht zu bewahren.

Sie versuchte, keinerlei Anzeichen von Nervosität oder Aufregung zu zeigen.

Doch seine leicht zitternden Finger verrieten seine Nervosität.

Und ihre verhärteten rosa Brustwarzen wurden völlig steif und zeigten ihre Erregung.

„Perfekt", sagte er und sein Blick wanderte über ihre Nacktheit von Kopf bis Fuß. „Du bist eine Vision der Perfektion."

"Danke schön."

„Ich bin mir sicher, dass du dich fragst, was in der Tasche ist. Du siehst nervös aus. Keine Sorge, ich bin kein Sadist. Ich bin nur ein normaler Mann mit einer sehr verbreiteten Fantasie."

Seine Augen wanderten weiterhin über jeden Zentimeter ihres Körpers und nahmen ihre Schönheit auf.

„Was ist das für eine Fantasie?" Sie fragte mit echter Neugier.

Er stand auf und griff in die Tasche.

Er dachte einen Moment darüber nach, eine endgültige Antwort auf Cynthias Frage zu geben.

„Ich liebe intelligente, unabhängige Frauen. Jemanden wie Sie. Ich bin vor Jahren auf Literatur über sexuelle Sklaverei gestoßen und fühlte mich seltsamerweise davon angezogen. Ich fühlte mich deswegen sehr schuldig, weil ich schon immer eine große Befürworterin der Frauenrechte war." Frauen, wie du. Aber es ist nur eine sexuelle Fantasie, oder? Niemand wird verletzt. Und jeder genießt es. Finden Sie nicht auch?"

"Ja".

„Es ist eine weit verbreitete Fantasie. Es ist keine Schande, es zu genießen. Das sollte es auch nicht geben."

Der Professor holte eine schwarze Halskette aus der Tasche.

Es schien erotisch, aber einschüchternd.

Es wurde speziell für sexuelle Zwecke hergestellt.

"Was ist das?" Sie fragte.

„Es ist eine Halskette für deinen Hals. Ich denke, sie wird dir gut stehen. Darauf steht ‚Schlampe'. Es ist ein lustiger Name für unsere gemeinsame Zeit."

„Hast du das schon bei anderen Frauen gemacht?"

„Nein. Ich hatte nie den Mut. Ich war nie sehr mutig."

„Du hast mein Jetzt."

Er lächelte.

„Du hast recht. Ich habe dich. Jetzt entspann dich, während ich dir das Halsband anlege."

Die Lehrerin stellte die Tasche auf die Couch und bürstete Cynthias Haare.

Er wickelte die Halskette um seinen Hals und begann sie festzuziehen.

Er achtete darauf, es nicht zu eng zu lassen.

Ich wollte nicht, dass er überwältigt oder erstickt wird.

Er wollte nur, dass sie sich ein wenig unwohl fühlte, und das tat er auch.

Als er zurücktrat, war Cynthia nackt, bis auf die Halskette mit der Aufschrift WHORE an ihrem Hals.

„Schau in den Spiegel", sagte er.

Cynthia ging zum Wohnzimmerspiegel, der sich direkt neben der Haustür befand.

Sie betrachtete seinen nackten Körper.

Sie blickte auf den Kragen um ihren Hals, der sie als Hure kennzeichnete.

Es widersprach allen Prinzipien, die sie verteidigt hatte.

Sie schämte sich.

Aber gleichzeitig war sie sehr aufgeregt.

Niemand kann etwas darüber wissen.

Niemals.

"Was denken Sie?" fragte er und stand mit einem Seil in seinen Händen hinter ihr.

„Es ist ein provokativer Anblick."

„Das ist es. Jetzt legen Sie Ihre Hände zusammen. Ich werde Sie fesseln."

Cynthia legte ihre Hände zusammen und der Professor fesselte ihre Handgelenke mit einem weichen schwarzen Seil, während er noch hinter ihr stand.

Es dauerte nicht lange.

Innerhalb weniger Augenblicke waren ihre Hände verbunden.

"Was jetzt?" Sie hat ihn gefragt.

Er ging beiläufig zurück und sah sie an.

Er stand in der Mitte des Raumes und sah ihr direkt in die Augen.

„Jetzt möchte ich, dass du meinen Schwanz lutschst. Ich bin sicher, dass du sehr gut darin bist. Ich möchte, dass du ein gehorsames Sexkätzchen bist und mir zeigst, wie gut du lutschen kannst."

Cynthia ging mit gefesselten Händen auf ihn zu.

Er war viel größer als sie.

Nach kurzem Blickkontakt kniete sie sich hin und begann, mit seinen gefesselten Händen seine Hose aufzuknöpfen.

Sie zog seine Hose bis zu den Knöcheln herunter und enthüllte einen halb erigierten Penis.

Sie sah ihn einen Moment lang an.

Es war etwas größer als das ihres Freundes.

Er hielt es in seiner Hand und streichelte es kurz, bevor er innehielt, um nachzudenken.

Sie zögerte.

„Ich möchte, dass Sie wissen, dass ich das normalerweise nicht mache", sagte er nach einiger Überlegung. „Ich habe so etwas nur in Beziehungen gemacht. Ich war immer dagegen, dass Frauen ihren Körper oder ihre Sexualität nutzen, um das zu bekommen, was sie wollen."

„Genau deshalb will ich meinen Schwanz in deinem Mund haben."

Der Kommentar beleidigte sie ein wenig.

Aber es verursachte immer noch ein Kribbeln zwischen ihren Beinen.

Sie beugte sich vor, um seinen Schwanz zu lutschen.

Sie hatte es schon immer geliebt, die Schwänze ihrer Freunde zu lutschen.

Es war etwas, das ihm seit dem ersten Mal Spaß gemacht hatte.

Es war für sie eine sehr aufregende sexuelle Erfahrung geworden.

Und es hatte noch nie Beschwerden gegeben.

Sie hatte immer begeisterte Kritiken für ihre Oralsex-Fähigkeiten erhalten.

Während ihre Lippen den Schwanz umschlossen, schüttelte sie den Kopf, während sie saugte.

Seine gefesselten Handgelenke schränkten seine Handbewegung ein.

Ihre Zunge wirbelte um Kopf und Schwanz.

Sie blickte zu der Lehrerin über ihr auf, während sie weiter saugte.

Sie stellten Blickkontakt her, was etwas aufregend und teilweise demütigend war.

Sie schaute weg, als sie begann, seinen Schwanz tiefer in ihren Mund zu nehmen.

Dann lutschte sie jeden seiner Eier.

„Du bist großartig darin", stöhnte er. „Ich wusste, dass du es sein würdest. Du hast die perfekten Lippen dafür."

„Danke", flüsterte er, nachdem er seinen Schwanz kurz aus ihrem Mund genommen hatte.

Sie machte sich wieder an die Arbeit und hoffte, ihn so schnell wie möglich zum Abspritzen zu bringen.

Je mehr sie sich anstrengte, seinen Schwanz zu lutschen, desto erregter wurde sie dabei.

Er musste ihre Muschi nicht berühren, um zu erkennen, dass sie zwischen ihren Beinen klatschnass war.

„Das reicht für den Moment", sagte er. „Ich möchte, dass du dich über den Esstisch beugst. Auf deinem Bauch. Wir werden gleich Sex haben."

Sie sah ihn fassungslos an.

„Unser Deal war ein Blowjob. Das ist alles."

„Angebote können immer verbessert werden."

„Bitte. Ich habe gerade zugestimmt, dir einen Blowjob zu geben."

„Berühre dich zwischen deinen Beinen. Dein Körper weiß, was er will. Wenn du trocken bist , dann komme ich raus und gebe dir alles, was du willst. Wenn du nass bist, haben wir noch viel zu tun."

Der Lehrer war hartnäckig.

Cynthia wusste, dass es Sinn machte.

Sein Herz wollte es.

Ihre Muschi wollte es.

Es hatte keinen Sinn zu kämpfen.

Was auch immer Sie damit machen, es wird sich gut anfühlen.

Er wird sie wieder zum Abspritzen bringen.

Warum also ablehnen?

Er stand auf und ging zum Esstisch, der nur wenige Meter entfernt war.

Sie beugte sich vor und legte ihre Hände, ihr Gesicht, ihre Brüste und ihren Bauch auf den Tisch.

Der Tisch, an dem sie unzählige Mahlzeiten mit ihrer besten Freundin eingenommen hatte, war plötzlich zu einem Ort sexueller Befriedigung geworden.

Sie fragte sich, was er als nächstes tun würde, aber sie hatte keine Ahnung.

Sie wusste nicht, was sie erwarten würde.

Er hörte das Geräusch der Tasche, während der Professor suchte.

Der Professor band seine gefesselten Hände mit einem weiteren schwarzen Seil an die Tischbeine.

Cynthias Handgelenke waren völlig gefesselt und sie konnte ihre Arme nicht bewegen.

Der Professor fesselte auch jeden ihrer Knöchel an der Unterseite des Tisches.

Cynthias Beine waren gespreizt und ihre Muschi und ihr Anus waren weit geöffnet.

„Weißt du, was eine Geißel ist?" fragte.

„Ja", antwortete er nervös.

„Ich werde es bei dir anwenden. Mach dir keine Sorgen. Ich werde dir nicht weh tun. Es könnte ein bisschen weh tun. Lass es mich wissen, wenn es zu viel ist."

Cynthia drückte das Seil fest, als die Peitsche ihr Gesäß traf.

Der zweite Schlag war heftiger.

Er erinnerte sich nur allzu gut an das Gefühl der letzten Tracht Prügel.

Es war ein Gefühl, das er nie vergessen würde.

Aber die Auspeitschung war viel stärker als die Schaufel.

Jedes Ende der Auspeitschung löste ein Kribbeln in ihrer Muschi und ihrem Rücken aus.

Jedes Ende der Geißel stimulierte sie sexuell.

Die Auspeitschung verlagerte sich auf seinen oberen Rücken.

Das Klicken war laut neben seinem Ohr.

Es tat weh.

Sie begann jedes Mal zu stöhnen, wenn sie getroffen wurde.

Der Schmerz wurde immer akuter.

Aber auch das Vergnügen.

Es entstand eine kraftvolle und perfekte Kombination.

Er schlug ihr hart auf den Rücken und ihre Muschi wurde nass.

Sie stöhnte laut bei jedem Schlag.

Als ihr Rücken rot wurde, richtete er die Aufmerksamkeit seiner Peitsche nach unten und traf die Rückseite ihrer Oberschenkel.

Der Bereich war so empfindlich, dass sie fast schreien musste.

Cynthia umklammerte das Seil fester in der Hoffnung, den Schmerz zu lindern.

Die Auspeitschung bewegte sich auf jedes Gesäß von Cynthia.

Es war der Ort, der ihm das größte Vergnügen bereitete.

Jedes Ende der Peitsche traf sie hart und machte sie noch geiler.

Die Auspeitschung hörte für einen gnädigen Moment auf und der Professor steckte zwei seiner Finger in ihre Muschi.

„Mein Gott", sagte er. „Du bist wie ein Wasserhahn. Armes Ding."

„Ich... muss abspritzen."

Er lächelte.

„In ein paar Augenblicken, Liebes. Zuerst müssen wir unser Vorspiel beenden."

Der Professor kehrte in seine Schlagposition zurück und versohlte Cynthia sanft mitten zwischen den Hinterbacken.

Sie stöhnte , als die Enden der Tracht Prügel direkt auf die überempfindliche Haut ihrer Muschi und ihres Anus trafen.

Er ließ sie einen Moment lang an den Schmerz gewöhnen, bevor er einen weiteren Schlag in ihre Richtung schickte.

Er fuhr fort, ihre Muschi und ihren Anus zu versohlen.

Er senkte den Schlag und schlug mit seiner offenen Hand auf ihren empfindlichen Sexualbereich.

Die Tracht Prügel war zunächst sanft.

Aber dann steigerte er die Kraft bei jedem Schlag.

Er achtete sogar darauf, ihren geschwollenen Kitzler zu versohlen, was sie wie eine Hure zum Stöhnen brachte.

Seine Hand wurde nach jedem Schlag feucht von Cynthias Muschiflüssigkeit.

„Ich denke, du bist bereit. Willst du jetzt abspritzen?"

„Ja", stöhnte sie.

„Du warst ein gutes Mädchen. Deshalb ist es nur fair, dass ich dich dazu zwinge."

Er griff erneut in die Tasche.

Cynthia konnte nicht sehen, wonach der Professor suchte.

Ich hörte nur den Lärm der Börse.

Dann spürte sie, wie seine Finger ihre Lippen spreizten, als er einen Gegenstand einführte.

Es war ein Sexspielzeug.

Glatt und perfekt geformt.

Aufgrund seiner geringen Größe glitt er leicht in ihre Muschi, was sie ein wenig enttäuschte.

Sie brauchte etwas Größeres.

Das Sexobjekt zog sich aus ihrer Muschi zurück, was sie erneut enttäuschte.

Als der Gegenstand gegen den äußeren Ring ihres Anus drückte, wurde ihr klar, was geschah.

Die Lehrerin führte den Gegenstand nur in ihre Muschi ein, um sie zu schmieren.

Das Sexobjekt war für ihren Hintern bestimmt.

Sie machte sich bereit, als das kleine Sexspielzeug langsam in ihren Anus geschoben wurde.

Es durchdrang den engen Ring und drang in ihr Rektum ein.

Der Professor ließ sich Zeit und ging die Dinge langsam an, da er ihr nicht wehtun wollte.

Und sie genoss das Gefühl der Dehnung.

Bald vergaß er den Schmerz, den er durch die Auspeitschung empfand.

Der leichte Schmerz des Sexspielzeugs in ihrem Arsch war viel stärker und erregender.

Sobald das kleine Sexspielzeug in ihrem Hintern steckte, ließ die Lehrerin es zur Stimulation dort liegen.

Dann hallte das Geräusch eines geöffneten Pakets durch den stillen Raum.

"Was machst du?" fragte Cynthia mit immer noch gesenktem Gesicht.

„Ich ziehe ein Kondom über. Ich werde deine Muschi ficken, weil du eine Schlampe bist."

Diese Worte lösten ein Kribbeln in ihrem Rücken und einen Schauer in ihrer Muschi aus.

Obwohl seine Knöchel gefesselt waren, versuchte er sein Bestes, seine Beine weiter zu spreizen.

Sie wollte gefickt werden.

Sie wollte wie ein Stück Fleisch benutzt werden.

Sie wusste, dass der Lehrer sie nicht im Stich lassen würde.

Er packte ihre Hüften fest und drückte seinen harten Schwanz gegen ihre Lippen.

Er drückte sanft und trat ein.

Es war ein einfacher Einstieg, da sie ausgestreckt und zutiefst erregt war.

Cynthias Muschi war voller heißer Begierde.

Der Professor genoss das Gefühl der Muschi seiner Studentin.

Dann drückte er sich ganz hinein, was Cynthia dazu brachte, ihr Gesicht an den Tisch zu drücken und nach Luft zu schnappen.

Der Professor legte beide Hände auf Cynthias Schultern und zog sie hoch.

Er bewegte langsam seine Hüften und fickte sie.

Cynthia stöhnte jedes Mal, wenn er seinen Schwanz in ihren Körper drückte.

Mit gefesselten Händen drückte er fest zu, während er am Seil zog.

Ihre zarte Muschi wurde hart gefickt und ihr Stöhnen wurde lauter.

Er streichelte ihr Haar mit einer Hand und stellte sicher, dass es hinter ihrem Rücken lag.

Dann griff er mit derselben Hand nach unten, um eine ihrer kleinen Titten zu streicheln und kniff in die geschwollene rosa Brustwarze.

„Bist du meine Hure?" fragte er mit verdorbener Stimme.

"Ja."

"Sag es."

„Ich bin deine Hure", stöhnte er. „Du dreckige Hure."

Er fuhr fort, sie noch härter zu ficken.

Er drückte weiterhin mit einer Hand ihre Schulter und beugte mit der anderen Hand ihre Titten.

„Bei mir bist du doch keine Feministin, oder?"

"NEIN."

"Was bist du?" fragte.

„Ich bin deine Hure", stöhnte er. „Ich muss so behandelt werden."

Er fickte sie noch härter.

Ihr heißer Sex machte jedes Mal, wenn er einen Stoß ausführte, laute schmatzende Geräusche, als sein Schritt auf ihren weichen Arsch traf.

Sein Stöhnen verwandelte sich in unregelmäßige Atemgeräusche, als er begann, die Kontrolle über die Sinne seines Körpers zu verlieren.

Sie ließ los.

Sie gab ihren Körper ganz dem Professor hin.

Alles von ihr gehörte ihm.

Er streichelte mit beiden Händen ihre Titten und kniff fest in ihre Brustwarzen, was sie vor Schmerzen aufkeuchen ließ.

Er drückte sie fester, was sie noch mehr zum Keuchen brachte.

„Ich... muss abspritzen...", sagte sie schwach.

„Sag es lauter!"

„Ich muss abspritzen! Bitte!"

Er wusste genau, was zu tun war.

Der Lehrer senkte die Hände.

Eine zur Unterstützung Ihrer Hüfte.

Die andere streckte die Hand aus, um ihre Klitoris zu streicheln.

Cynthia stöhnte in dem Moment, als er ihre Klitoris in kreisenden Bewegungen rieb.

In diesem Moment wurde Cynthia dadurch stimuliert, dass ihre Muschi gefickt wurde, das Sexspielzeug in ihrem Arsch steckte und der Finger mit ihrer Klitoris spielte.

Sie schrie laut und kümmerte sich nicht darum, ob die Nachbarn sie hören konnten.

Das haben sie wahrscheinlich getan.

Wer auch immer zuhörte, würde wahrscheinlich aufgeregt sein.

Es war ihr egal.

Cynthia schrie und ihre Finger krümmten sich.

Seine Arme und Beine zogen mit aller Kraft am Seil, aber ohne Erfolg.

Sein unterer Rücken versuchte sich zu krümmen, aber der Halt war zu stark.

Sein Gesicht verzog sich vor Vergnügen.

Seine Augen weiteten sich.

Sie kam.

Kraftvoll.

Überall waren Flüssigkeiten.

Ihre kleine Muschi war zu einem Sexschwanz geworden.

Der Professor näherte sich seinem Orgasmus.

Selbst als Cynthias Körper schlaff und energielos geworden war, fickte er weiterhin ihre durchnässte Muschi, bis er zufrieden war.

Er spritzte große Mengen Sperma in das Kondom, das er trug.

Er grunzte und dann hörten seine Stöße auf, bevor er sich auf Cynthias Rücken legte, um sich auszuruhen.

Als der Sex vorbei war, waren sie beide völlig verschwitzt.

Er küsste ständig die Haare an ihrem Hinterkopf.

„Du bist eine Göttin", knurrte er atemlos. „Eine wahre Göttin. Du hast einen Mann vollkommen glücklich gemacht."

Cynthia war immer noch erschöpft und atmete schwer.

„Und deine Frau macht das nicht?" Sagte sie seufzend.

"Und dein Freund?" sagte er ebenfalls seufzend.

Sie lachten beide.

„Binde mich los", schaffte sie es erneut, mit einem leichten Atemzug leise zu sprechen.

Der Lehrer zog seinen schlaffen, mit Kondomen bedeckten Schwanz aus ihrer Muschi und begann, sie loszubinden.

Als sie frei war, lag Cynthia in ihren eigenen Vaginalflüssigkeiten auf dem Boden.

Der Professor saß neben ihr und streichelte ihr weiches Haar.

„Ich werde dir geben, was immer du willst. Ich werde mein Bestes geben. Du bist großartig."

Sie sah ihn an.

„Du auch. Ich bin noch nie... noch nie so gekommen."

„Wir haben noch ein paar Tage Zeit, um zusammen zu sein. Ich habe vor, das Beste daraus zu machen. In den nächsten Tagen wirst du mein dreckiges kleines Sexkätzchen sein. Dann kannst du nach Hause zu deiner Familie und deinem Freund gehen und deine Ruhe genießen."
"

Sie lächelte.

„ Ich genieße schon jetzt meine Pause."

Damit legte Cynthia ihren Kopf auf den Schoß des Professors.

Sie entfernte das nasse Kondom.

Sie nahm den schlaffen Penis in den Mund und saugte den Rest des Spermas heraus.

Der Professor stöhnte.

SEHR VERSTÄNDNISVOLLER ARZTIN

„Der Arzt wird Sie sofort sehen, Sir. Setzen Sie sich bitte einfach hin."

Andrew nickte, als er zum Untersuchungstisch ging und sich setzte.

Eine Falte Seidenpapier füllte den Tragetisch.

Sie krempelte den Ärmel ihres Hemdes herunter, während die Krankenschwester seufzend die Tür hinter sich schloss.

Es hatte ihn lange gekostet, sich dazu zu überreden, deswegen zum Arzt zu gehen, aber schließlich hatte er genug und hatte die Nase voll.

Ganz zu schweigen davon, dass er mit seinem eigenen Körper frustriert war.

Es kam ihm wie eine Ewigkeit vor, bis sich die Tür wieder öffnete, aber als die junge Frau endlich eintrat und Andrews wandernde Gedanken unterbrach, kam er zu dem Schluss, dass sich das Warten gelohnt hatte.

„Hallo, Herr Harrison, es tut mir leid für die Wartezeit. Ich hatte heute viele Patienten, die ich behandeln musste."

Die Ärztin ging zu ihrem Schreibtisch und nahm eine Aktentasche, die die Krankenschwester darin gelassen hatte, mit den Notizen, die sie sich gemacht hatte, nachdem sie mir Fragen zum Zweck meines Besuchs gestellt hatte.

„Zweifellos haben sie alle einen Grund gefunden, zu Ihnen zu kommen, Doktor, ich weiß, dass ich das auf jeden Fall tun würde!"

Seine Augen, ein wunderschöner Blauton, in dem man das Gefühl hatte, man könnte darin schwimmen, hoben sich aus seinem Klemmbrett und begegneten den deinen.

Ein Lächeln erschien an seinen Lippenrändern.

Sehr, sehr gut geformte Lippen.

„Versuchen Sie mir zu sagen, dass Sie heute hierher gekommen sind, um meine Zeit zu verschwenden, Mr. Harrison?"

Er gluckste.

„Leider weit gefehlt, Dr. Martínez. Ich fürchte, ich habe ein sehr reales Problem, obwohl Sie die erste Person sind, die ich davon sehe."

Er blickte auf sein Klemmbrett.

Als sie an dem kleinen Schreibtisch saß und las, sah ich zu, wie sie ihre Beine übereinanderschlug.

Sie war eine eher kleine Latina-Frau, aber ihre nackten Beine unter dem Rock ihres Arztkittels schienen kilometerweit zu reichen.

Andrew wünschte, der Bleistiftrock würde nicht knapp über seinen Knien enden.

„Hier steht, dass Sie sich geweigert haben, mit der Krankenschwester über die genaue Art Ihres Besuchs zu sprechen, Mr. Harrison, also... sprechen Sie bitte schnell mit mir, bevor Sie fortfahren können."

Andrews Schultern sackten ein wenig herab, da sie hofften, diese Frau in ein etwas privateres Gespräch verwickeln zu können, bevor sie seine Gedanken mit dem Zweck ihres Besuchs unterbrach.

Aber... sie vermutete, dass sie sicherstellen musste, dass er nicht nur ein Hypochonder war, der zu viel über ein bestimmtes Thema im Internet gelesen hatte.

„Ich, äh... nun, es scheint, als hätte ich einige... andauernde und anhaltende Probleme im Schlafzimmer."

Sie zog eine ihrer perfekten dunklen Augenbrauen hoch, und er konnte nicht leugnen, dass ihn das ein wenig erregte, als ihr Blick fasziniert über ihn schweifte .

„Sie scheinen ein relativ junger Mann in... nun ja, ausgezeichneter körperlicher Verfassung zu sein, Mr. Harrison. Bevor ich näher auf Ihre Probleme eingehe, sagen Sie es mir. Warum haben Sie sich entschieden, hierher zu kommen? Es scheint ein neues Symptom zu sein." . Ich weiß, ich hatte noch nie die Frage: „Niemand ist schon einmal mit diesem Problem hierher gekommen, also wer hat Sie mir empfohlen?"

„Nun, um ehrlich zu sein, Herr Doktor, gehe ich normalerweise nicht zum Arzt. Das ist auch nicht wirklich nötig, und bei diesem speziellen Problem fühle ich mich wirklich nicht wohl, wenn ich zum Arzt gehe." über so etwas zu reden.

Diesmal lächelte sie voll.

Sie legte das Klemmbrett auf den Tisch, drehte sich zu ihm um und legte ihre Hände um sein Knie.

„Zwei Dinge, Mr. Harrison. Erstens, nennen Sie mich Miss Martinez oder Rosa. Zweitens denke ich, wir sollten jetzt besser eine Prämisse festlegen: Sie müssen völlig ehrlich und direkt sein, okay? Es scheint, als wäre dies eine heikle Situation für Sie „Deshalb denke ich, dass es wichtig ist, dass wir dies ernst und ohne Vorurteile behandeln, da wir uns mit einigen ziemlich persönlichen Gründen befassen werden. Ist das nicht richtig?"

„Absolut, Rosa. Und nenn mich bitte Andrew."

Sie nickte.

„Okay, Andrew. Sag mir, von was für Problemen sprichst du genau ? Vorzeitiger Samenerguss? Schwierigkeiten, eine Erektion zu entwickeln?"

Andrew spürte, wie sich seine Wangen mit Hitze füllten, er kroch ein wenig auf der Trage, ließ das Geräusch von raschelndem Papier zurück und antwortete:

„Nun, ich hatte noch nie Probleme, nicht einmal beim ersten Mal. Aber... ich schätze, es fällt mir schwer, hart zu werden und zu bleiben. Wichtig ist, dass ich seit über einem Jahr keinen Orgasmus mehr hatte. " "

„Gott, ein ganzes Jahr; ich glaube, ich würde sterben, wenn mir das passieren würde. Haben Sie eine Idee, warum das passiert sein könnte? Sind in Ihrem Leben irgendwelche Veränderungen oder schlimme Dinge passiert, irgendwelche schlechten Erfahrungen mit einem Liebhaber?" Verlust von Interesse an deiner Frau?"

„Oh, ich hatte keine Probleme mit meiner Frau oder irgendwelchen Geliebten."

Rosa lächelte, bedeutete ihm aber aufmunternd, weiterzumachen, als er innehielt, um nachzudenken.

„Mir fällt wirklich nichts ein. Ich lebe seit mehreren Jahren in der gleichen Situation. Ich habe vor einiger Zeit geheiratet und habe seit ein paar Jahren keinen neuen Liebhaber mehr gehabt."

„Würden Sie sagen, dass Sie normalerweise ein aktives Sexualleben haben? Oder hat sich etwas geändert, seit das passiert ist?"

Andrew zuckte mit den Schultern.

„Die Situation hat sich sicherlich verändert, seit das passiert ist. Ich meine, ich habe einige Freunde, mit denen ich gerne Sex habe, da wir uns gegenseitig verstehen. Meine Frau hat mich eine Weile nicht berührt, also gab es nicht viel Hin und wieder treffe ich eine Frau in einer Bar, was vielleicht den Anschein erweckt, als gäbe es mehr als eine Freundschaft, aber am Ende gibt es wohl niemanden, der einfach... das Problem, nicht hart zu werden, verschwinden lässt, schätze ich."

„Und diese Freundinnen von dir, wissen die Mädchen, mit denen du Beziehungen aufbaust, dass du andere Freunde hast? Dass du eine Frau hast? Sind sie damit einverstanden? Oder hältst du das geheim?"

Andrew schüttelte den Kopf.

Rosa beugte sich vor, während sie sprach, und er bemerkte, dass ihr Oberteil zwar nicht kurz war, aber große Lücken zwischen den Knöpfen zu haben schien.

Das Stethoskop, das er um seinen Hals gelegt hatte, blieb in einem davon hängen und schien einen kleinen Blick auf etwas Lila darunter zu gewähren, als er seine Haltung änderte und am Stoff zog.

„Wenn ich in einer einvernehmlichen Beziehung bin, muss ich sie nicht anlügen. Ich verstecke nichts, wenn sie mich danach fragen. Ich stelle sicher, dass klar ist, dass die anderen Mädchen auch meine Freundinnen sind, und das bin ich auch." verheiratet, wenn sie Interesse haben. Und es stellt sich auch heraus, dass es Freunde gibt, denen ich sagen muss, dass sie Sex sehr mag. Wenn sich jedoch jemand in Richtung Exklusivität bewegen möchte, würde ich natürlich mit ihr sprechen, damit sie es nicht tut Machen Sie damit weiter. Sonst würde die Beziehung abgebrochen. Die Reaktionen sind ... gemischt, aber oft:

„Es verrät mir viel mehr über dieses Mädchen, als alles andere mir sagen könnte."

„Hmm. Und würdest du sagen, dass du niemals aufhören könntest, Sex mit diesen Freunden zu haben?"

„Sie sind meine Freunde. Ich war einmal mit einem Mädchen zusammen, wo wir so weit gekommen sind, aber ich habe aufgehört, mich mit ihr zu treffen, weil sie dachte, ich sei ihr gegenüber exklusiv."

"Wie ist das passiert?"

„Sie hat offenbar das kleine Detail vergessen, auf das wir uns geeinigt hatten."

„Ich verstehe. Sagen Sie mir: Würden Sie sagen, dass Sie polyamourös sind, oder haben Sie polyamoröse Tendenzen?"

Andrew runzelte ein wenig die Stirn, etwas verwirrt darüber, was das mit seinem Problem zu tun hatte, aber er war bereit, sich damit auseinanderzusetzen.

„Ich würde sagen, dass ich dafür offen bin, ohne dass ich es unbedingt brauche. Ich bin der Meinung, dass Sex so sein sollte, wie sie es sich wünschen, solange ein Paar offen und ehrlich ist, was es vom Verhalten des anderen will und erwartet." ihnen."

„Und exklusiv?"

„Klar könnte es sein. Untereinander, aber offen für Erfahrungen mit anderen, ob gemeinsam oder getrennt, solange beide ehrlich sind und einer Meinung sind. Ich war sicherlich schon in Beziehungen, in denen jeder seine Freunde teilte und so weiter. Wie gesagt, auch das Gegenteil: Exklusivität."

„Aber nur einer?"

„Andere wollten auch gleich auf Exklusivität setzen, aber... das kommt mir albern vor."

Andrew zuckte mit den Schultern, aber Rosa runzelte die Stirn.

"Warum das?"

„Nun, zum Beispiel mit dir. Wenn wir anfangen würden, uns zu treffen. Ich kenne dich nicht, aber ich finde dich auf jeden Fall attraktiv.

Wenn wir anfangen, uns zu verabreden, würdest du mich vermutlich auch attraktiv finden; was ist also falsch daran, uns gegenseitig zu genießen?" andere sexuell ohne Exklusivität, wenn wir dafür verantwortlich sind?

„Was ist also der Unterschied zwischen Dating und Freunden mit Vorteilen?"

„Der ganze Zweck des Datings besteht darin, jemanden zu finden, mit dem man sein Leben teilen möchte, oder? Idealerweise für einen längeren Zeitraum, wenn es um die Ehe geht, wenn nicht sogar für immer. Freunde ... vielleicht magst du sie oder genießt den Sex." miteinander, aber sie haben gemeinsam oder getrennt festgestellt, dass sie als Paar weder auf lange Sicht noch in der täglichen Verbindung gut funktionieren. Das heißt aber nicht, dass sie keinen guten Sex haben können und dafür sorgen, dass wir uns gegenseitig gut fühlen.

Rosa kicherte.

„Ehrlich gesagt, das ist eine ziemlich gesunde Perspektive. Ich wünschte, ich hätte ein paar Freunde mit Vorteilen in meinem Leben wie Sie, da ich in letzter Zeit viel Stress abbauen muss."

Rosa setzte sich auf, fast so, als würde sie wieder ein professionelles Auftreten annehmen.

„Ähm. Wie dem auch sei, okay; also... gab es keine Ereignisse, weder sexueller, beruflicher noch persönlicher Natur, die... entmutigend oder für zusätzlichen Stress oder so etwas hätten sorgen können?"

„Das fällt mir nicht ein."

„Und du kommst nicht einmal vom Masturbieren davon? Oder vom Sex mit einigen deiner Freunde, mit denen du noch nie zuvor Probleme hattest?"

„Nein, überhaupt nicht. Und ich hatte auch noch nie Probleme beim Aussteigen. Das ist wirklich frustrierend."

„Und Sie sagen, dass Sie Schwierigkeiten haben, eine Erektion zu bekommen und aufrechtzuerhalten."

„Ja, ich meine, ich werde aufgeregt, ich werde steif, aber immer noch ein bisschen ähm ... locker, wenn du es so ausdrücken willst. Das macht es schwierig, einzudringen, weißt du? Und um ehrlich zu sein.", da wir gesagt haben, dass wir es werden werden, lieben ein paar meiner Freunde WIRKLICH, dass ich einfach in den Kopf komme, einer der Gründe, warum wir so gute Freunde geworden sind, und wir sind WIRKLICH gut darin. Aber trotzdem . Ich kann ihnen näher kommen, wahrscheinlich näher als mit irgendetwas anderem, als sogar mit meinen eigenen Händen, aber ich kann keinen Höhepunkt erreichen.

„Können sie es dir nicht auch ganz hart machen?"

Andrew schüttelte den Kopf.

Rosa runzelte die Stirn und schürzte nachdenklich die Lippen.

Sie trommelte mit ihren Fingern gegen sein Knie und Andrew hatte Mühe, sich nicht vorzustellen, wie es sich anfühlen würde, diese Lippen um seinen Schwanz zu haben.

Er war sofort erregt gewesen, als sie eingetreten war, aber er konnte tatsächlich spüren, wie sein Schwanz jedes Mal ein wenig steif wurde, wenn er auf die praktische kleine Öffnung in ihrem Hemd zurückblickte.

Plötzlich stand sie auf.

„Nun, Andrew, ich denke, wir müssen eine körperliche Untersuchung durchführen, um sicherzustellen, dass wir bestimmte Dinge ausschließen. Würde es Ihnen etwas ausmachen, sich auszuziehen?"

Andrew streckte sofort die Hand aus, um sein Hemd aufzuknöpfen.

„Na ja, normalerweise, Rosa, würde ich zumindest zuerst auf ein gutes Abendessen bestehen, aber für dich..."

Rosa errötete ein wenig, biss sich auf die Unterlippe und verschränkte die Hände vor sich.

„Äh...normalerweise wartet der Patient, während der Arzt hinausgeht, damit er sich ausziehen und einen Arztkittel anziehen kann. Dann klopft der Arzt an die Tür und kommt auf Wunsch des Patienten zurück."

Andrew zuckte mit den Schultern und knöpfte sein Hemd weiter auf, um seine haarige Brust freizulegen.

„Worum geht es? Du wirst meine Genitalien untersuchen und an einem heißen Sommertag könntest du mich leicht ohne Hemd draußen sehen. Außerdem bist du in Eile und es ist mir egal. Ich bin nicht schüchtern. Auf jeden Fall." nichts, was du nicht schon einmal gesehen hast.

Rosa kicherte und ihr Blick wanderte über Andrews Oberkörper, als er sein Hemd auszog.

„Nun, definitiv nichts, was ich nicht schon einmal gesehen habe, aber... wenn du damit einverstanden bist, ist das wohl kein Problem. Und weißt du, du wirst sowieso nicht aufhören."

Andrew lachte, stand auf und bückte sich, um seine Hose aufzuknöpfen.

„Hey, es sieht bestimmt auch nicht so aus, als würdest du gehen."

Sie lächelte ihn an, schüttelte den Kopf und wich leicht zurück, als er von der Stufe des Untersuchungstisches stieg und sich auf den Boden stellte.

Andrews Hose fiel auf den Boden und er zog sie aus und sah sie mit einem verspielten Lächeln an, während er seine Daumen in den Bund seiner Boxershorts steckte .

„Sollten Sie sich der großen Enthüllung stellen, oder möchten Sie sich lieber umdrehen und es später sehen?"

Sie lachte und erwiderte seinen verspielten Gesichtsausdruck, ihre Hände umklammerten ihr Stethoskop.

„Sieh mich einfach an. Ich bin mir nicht sicher, ob ich widerstehen kann, dir in den Arsch zu schlagen, wenn du dich umdrehst."

"Also in diesem Fall..."

Boxershorts herunterzog , wackelte mit seinem jetzt nackten Hintern in Rosas Richtung und drehte seinen Kopf, um sie über seine Schulter anzusehen.

Er hielt sich eine Hand vor den Mund und lachte leise.

„Sie sind SCHLECHT, Andrew Harrison. Das ist ein sehr unangemessenes Verhalten in einer Arzt-Patienten-Beziehung!"

„Ich werde auch nichts sagen, wenn du es nicht tust, Rosa Martínez."

Sie verdrehte die Augen, als sie ihre Hand fallen ließ, aber Andrew bemerkte, dass ihr Blick über seinen ganzen Körper wanderte, als er sich ihr zuwandte und die Hände in die Hüften stützte.

"So was jetzt?"

Rosa blickte demonstrativ nach unten und hob lächelnd eine Augenbraue.

„Nun, es sieht wirklich so aus, als hättest du jetzt keine großen Schwierigkeiten...!"

Andrew folgte ihrem Blick; Der Schwanz war steif, das war klar.

Rosa war eine sehr attraktive Frau und es machte ihm Spaß, mit ihr zu flirten .

„Nun, eine Leiche würde steif werden, wenn sie nackt im selben Raum wie du wäre, Rosa; obwohl es nicht dasselbe ist wie eine vollständige Erektion!"

Sie verdrehte die Augen und lächelte ein wenig, aber sie schien sich wirklich um ein bisschen anhaltende Professionalität zu bemühen.

Sie streckte die Hand aus, um ihr Stethoskop abzunehmen, doch dabei öffneten sich ein paar Knöpfe an ihrer Bluse.

Andrews Augen weiteten sich, als er sich umdrehte, um eine Schublade zu öffnen.

„Du gehst zurück auf den Tisch und ich hole ein paar Handschuhe..."

Andrew tat, was ihm gesagt wurde, und fragte sich, ob die aufgeklappten Knöpfe zu einer besseren Sicht führen würden.

Als er Rosas Hintern bewunderte, als sie ihm den Rücken zuwandte, wanderten seine Gedanken zu mehreren schmutzigen Szenarien.

„Nun, das ist unbequem."

Er drehte sich um und hielt in einer Hand einen einzelnen blauen medizinischen Handschuh und in der anderen eine leere Schachtel.

„Ich muss mir eine neue Box besorgen. Vielleicht solltest du eine .."

„ Pshh , bitte! Sie haben eine. Sie untersuchen keine offenen Wunden oder irgendetwas Invasives. Ich lasse nirgendwo etwas auslaufen. Mir geht es gut, wenn Sie damit einverstanden sind."

Rosa schüttelte den Kopf.

„Absolut nicht, es verstößt gegen ich weiß nicht einmal gegen wie viele Regeln, und die größte davon ist die Verletzung der Sterilisation, und .."

„Dr. Rosa. Sie müssen eine körperliche Untersuchung des Bereichs durchführen, um sicherzustellen, dass keine Anomalien vorliegen, oder? Es ist nicht so, dass Sie etwas einnehmen oder offene Wunden an Ihrer Hand haben, oder? Das werden Sie auch nicht tun Legen Sie Ihre Finger irgendwo auf Ihre Hand. Mein".

Sie sah ihm in die Augen.

„Ehrlich gesagt, könnte es durchaus sein, dass Sie Ihre Prostata untersuchen müssen."

„Nun, du hast einen Handschuh."

„Ich hätte einfach den Flur entlanggehen, mir eine neue Kiste holen und zurückkommen können."

Andrew lächelte, hob die Hände, zuckte mit den Schultern und legte den Kopf zur Seite.

„Und doch hast du es nicht getan..."

Dr. Rosa verdrehte entnervt die Augen, streifte schnell den Handschuh über ihre linke Hand und schüttelte dabei den Kopf.

Allerdings konnte er ein leichtes Lächeln auf seinen Lippen und Fältchen in seinen Augen sehen.

„Sie sind unmöglich! Öffnen Sie Ihre Beine, Sir!"

Andrew versuchte, seine eigene Vorfreude nicht zu zeigen und spreizte sofort seine Beine, um Rosa so viel Zugang wie möglich zu gewähren.

Er kämpfte darum, nicht vor Vergnügen zu seufzen, als er spürte, wie sich das warme, weiche, nackte Fleisch von Rosas rechter Hand um sein Glied legte, gefolgt von dem kalten, trockenen Handschuh ihrer linken Hand, der seine Eier umfasste.

Ihre Finger begannen, vorsichtig seine Länge abzutasten, während sie seinen Hodensack manipulierte, runzelte konzentriert die Stirn und sah unglaublich sexy aus, als sie sich leicht vorbeugte.

Seine Augen weiteten sich, als ihr Hemd ein wenig nach unten fiel und eine köstliche, cremige Fläche weicher Brüste zum Vorschein kam, die von einem lilafarbenen Rüschen-BH umschlossen und gestützt wurden.

Er spürte, wie sich sein Puls beschleunigte, spürte, wie sich sein Schwanz vor Aufregung und Erregung hob, sowohl durch den Kontakt als auch durch den Anblick.

„Ich spüre keine ungewöhnlichen Beulen oder Brüche, also ist das gut. Tatsächlich kann ich ... oh! Nun ja ... irgendjemand reagiert plötzlich schrecklich ..."

Sie hob ihr Gesicht, um ihn anzusehen, und Andrew spürte, wie sich eine weitere Welle sexuellen Verlangens und Spannung aufbaute.

Wie würde es sich anfühlen, deinen Schwanz in diesem teilweise geöffneten Mund zu versenken und das Talent deiner Zunge an deinem gierigen Schwanz zu spüren?

Er riss nervös den Blick weg, aus Angst, sie könnte die nackte, rohe Lust darin sehen.

„Ich äh... na ja, Rosa, ähm ... um ehrlich zu sein..."

War es ein ... Gehirnproblem, nicht nur aufgrund der rein klinischen Untersuchungstechnik, die bei Ihnen dieses Gefühl hervorrief?

Andrew konnte sich nicht sicher sein.

Sie verspürte jedoch den fast überwältigenden Drang, sich seinem Griff zu widersetzen.

„Andrew, denken Sie daran; wir sagten, wir würden aufrichtig und ehrlich miteinander umgehen. Keine Voreingenommenheit."

Andrew drehte sich widerstrebend zu ihr um.

Sein Gesicht war ruhig, aber... in seinen Augen schien etwas zu leuchten.

Auf eine bestimmte Art und Weise schürzte sie ihre Lippen.

Vorwegnahme?

Der Anblick ihrer Hände auf ihm, die Nähe ihres Gesichts zu seinem Schritt.

Wenn sie den Kopf drehte, konnte er wahrscheinlich die Berührung ihres Atems auf seiner Haut spüren.

Auch der Anblick ihrer erstaunlich aussehenden Brüste war etwas Spektakuläres.

Die Art und Weise, wie er sie unbewusst auf diese Weise sah – unfreiwillig, unschuldig, aber eindeutig intim und privat – war berauschend.

Er spürte, wie sein Schwanz in seinen Händen zuckte, seine Erregung schien außer Kontrolle zu geraten.

„Also, ganz ehrlich, Rosa, es ist lange her, seit ich eine eindeutig intelligente, lustige, charmante und einfach umwerfende Frau hatte, die mich mit Leichtigkeit fesselte und erregte. Du hast deine Hand auf meinem Schwanz und ich habe eine Ein unglaublicher Blick auf dein Hemd, der mir klar macht, wie lange es her ist, seit ich so ein großes Paar wunderschöner Brüste gesehen habe, und ehrlich gesagt kann ich mich nicht erinnern, wann ich das letzte Mal so geil war oder unbedingt wilden Sex haben wollte.

Rosas Augen weiteten sich, ihre behandschuhte Hand fiel auf sie zu und berührte den Saum seines Hemdes, während sie nach unten blickte.

Seine Wangen erröteten sofort in einem tiefen, leuchtenden Scharlachrot.

Sie sah ihn an und biss sich auf die Unterlippe, aber er bemerkte, dass sie ihre bloße Hand nicht von seinem Glied nahm, als sie ihre behandschuhte Hand senkte, sondern ihren Blick einfach auf seinen harten Schwanz und dann zurück auf ihr Gesicht richtete.

Ihre Blicke trafen sich.

Andrew schnappte nach Luft.

„Ich... ich kann nicht einmal... ich habe... du bist steinhart. Du hast überhaupt kein Problem!"

„Zum ersten Mal seit über einem Jahr. Danke dir. Ich verspreche, ich werde mir das nicht ausdenken."

Die plötzliche Wärme von Rosas Lippen, als sie sich eifrig um die geschwollene Spitze von Andrews Schwanz legten, ließ sie beide stöhnen.

Andrews Hände umklammerten die Kanten des Untersuchungstisches, während er zusah, wie Rosas Mund sich auf seinen Schwanz senkte.

seiner Erektion leckte, rieb und neckte, während sie ihn in ihren Mund einatmete.

Sie schnurrte um seinen pochenden Schwanz herum und saugte an ihm, während ihre Finger eine ganz andere Art von Berührung und Liebkosung an seinen Eiern annahmen.

Ihre Augen brannten vor einem intensiven Verlangen, das ihr eigenes widerzuspiegeln schien, und beobachteten seine Reaktion, als sie begann, ihn zu befriedigen.

Als ihr Kopf begann, auf ihm auf und ab zu gleiten.

Er war fasziniert von ihren Handlungen, den rhythmischen Bewegungen seines schmerzenden Schwanzes und der rohen Sexualität, die er in ihrem Blick spürte, als sie Zeuge der Lust wurde, die er ihr bereitete.

Die Freude, die er offensichtlich darüber empfand, die Quelle dessen zu sein, war unbeschreiblich.

Sein Blick wanderte zu den kurzen, ruckartigen Blitzen ihres BH-Dekolletés.

Sie löste sich von ihm, keuchte leise und blickte auf die geöffneten Knöpfe, bevor sie lächelte.

"Möchtest du mehr sehen...?"

Er nickte und versuchte, den Speichelfaden zu ignorieren, der sich langsam von ihren nassen Lippen bis zur glitzernden Spitze seines Schwanzes ausbreitete.

Sie knöpfte für ihn ihre Bluse auf, ließ sie hinter sich auf den Boden fallen und griff sofort nach oben, um die Verschlüsse ihres BHs zu öffnen.

Sie beobachtete seine Reaktion, als sie ihn langsam von ihrem Körper entfernte und ihn spielerisch anlächelte, während ihre schönen, blassen Brüste aus ihrer Gefangenschaft befreit wurden.

Andrew stöhnte leise bei diesem Anblick.

Ohne zu zögern streckte er eine Hand aus und legte sie auf ihre nackte linke Brust.

Er streichelte den warmen und herrlich weichen Körper von Dr. Rosa Martínez.

„Oh Gott... Rosa...!"

Ihre Augen verengten sich, ein Schauer ließ sie sichtlich an ihm zittern.

Sie hob ihre Hand und legte einen Finger auf seine Lippen.

„Es ist lange her, dass mich ein Mann so berührt hat... Ich war so beschäftigt, dass ich nie viel rausgehe...! Wir... können nicht zu viel Lärm machen..."

Er küsste ihren Finger, ließ seine Zunge über die Spitze gleiten und saugte spielerisch und langsam daran, während er sie beobachtete.

Er drückte ihre Brust mit seiner Hand und ließ sie leise stöhnen, während er murmelte:

„Hier sollte es nicht... nur um mich gehen. Ich will dich, Rosa. Dich alle. Nicht nur deinen Mund, nicht einmal deine tolle Brust. Wir können uns beide genießen und dafür sorgen, dass wir uns gut fühlen. "

Ihr Gesicht war vor Erregung gerötet (sogar ihre Brust hatte einen rosa Farbton) und er konnte fühlen, wie ihre Brustwarze hart war und gegen seine Handfläche ragte.

Er spürte, wie ihre Hand über seine Brust und wieder nach unten glitt, um seinen Schwanz zu ergreifen.

Drücken Sie es, diesmal mit einem ganz bewussten Schlag.

„Bist du sauber...? Bist du nicht...?"

"Wenn du?"

Sie reagierte, indem sie einen Schritt zurücktrat und die Hand ausstreckte, um den Reißverschluss ihres Rocks zu greifen .

Sie leckte sich die Lippen, während sie zusah, wie seine Erektion in der Luft schwang.

Ihr Rock glitt mühelos über ihre Beine, dicht gefolgt von einem seidigen lila Höschen, das schmeichelhaft geschnitten war.

Der Duft ihrer Erregung war stark und Andrew konnte die glitzernde Nässe sehen, die auf Rosas Innenseiten der Schenkel glitzerte und sich buchstäblich entlang ihrer weichen Lippen schmückte.

„Ich bin nicht sicher, ob wir lange durchhalten können ..."

Er lachte leise und leckte sich die Lippen, als er sich mit einer Falte Seidenpapier wieder auf den Untersuchungstisch setzte.

Rosa kletterte auf die Stufe, ließ ein Bein über seinen Körper gleiten und setzte sich eifrig atmend auf ihn.

Sie packte seinen Schwanz (zitterte ihre Hand?) und sah ihn an.

Er ließ seine Hände ehrfurchtsvoll über die Weichheit ihres nackten Körpers gleiten, bis sie sich auf ihren Hüften niederließen.

Er zog sie an sich und legte seine pochende Spitze an ihren nassen Eingang, ging aber nicht weiter.

„Du wirst nicht die Einzige sein, Rosa. Ich hoffe auf jeden Fall, dass du damit einverstanden bist. Keine Voreingenommenheit, erinnerst du dich?"

Sie kämpften darum, leise zu stöhnen, als sie auf ihn rutschte.

Die feuchte Hitze ihres Körpers umhüllte ihn angenehm und umarmte seine schmerzende Erektion tief in seinen Tiefen.

Sie warf ihren Kopf zurück, den Mund stumm geöffnet, als sie ihn vollständig nahm.

Sie begann, ihre Hüften an seinem Körper zu reiben.

Ihre Brust hob und hob sich, forderte ihre Hände auf, sie beide zu ergreifen und sanft zu drücken, während er unter ihr zitterte.

Seine zittrige Stimme schaffte es, größtenteils leise zu bleiben, als er reagierte.

„Ohhhhh! Godsss ...!"

Sie legte ihre Hände auf seine Brust und senkte ihren Kopf, um ihn hungrig anzusehen.

Ihre Hüften begannen zu schaukeln, als sie begann, ihn zu reiten.

Andrews Hände glitten über ihre Haut, streichelten die Seiten ihres Körpers, drückten ihre Hüften, bevor sie ihren festen, straffen Hintern packten.

Seine Finger schmiegten sich an sie und gruben sich in ihr Fleisch, während er sie fester an sich zog, während er gleichzeitig ihre Beine benutzte, um seinen Bewegungen mit seinen eigenen Stößen zu begegnen.

Er keuchte unter ihr.

„Fühl dich...so...gut an, Rosa...verdammt...gut!"

Sie lächelte verlegen, beschleunigte aber nur ihr Tempo und fickte ihn verzweifelt, ihre Augen waren halb geschlossen, während sie vor tiefer Befriedigung grunzte.

Das Papier zerknitterte unter Andrew, der als Reaktion auf ihre Bewegungen bereits außer Kontrolle geriet.

Er versuchte, seinen Oberkörper nicht so stark zu bewegen, aber bis zu einem gewissen Grad war es ihm egal.

Sein Schwanz pochte eifrig in Rosas engen Grenzen, eine völlige Härte, die er schon viel zu lange nicht mehr genießen konnte.

Er konnte jede Welle ihrer glatten Muschi spüren, während sie ihn ritt .

Jedes Drücken und Zittern ihrer inneren Muskeln, als sie wie zwei Tiere aufbrachen.

Ihre Muschi zog sich immer häufiger zusammen.

Rosas energisches Tempo wurde immer hektischer, bis sie hörte, wie ihr der Atem stockte.

Er sah, wie sich ihre Wirbelsäule anspannte, als sie sich nach hinten wölbte, und spürte ihren Höhepunkt an seinem Schwanz.

Sie hörte jedoch überhaupt nicht auf.

Rosa ging weiter und biss sich auf die Unterlippe, während sie mit geschlossenem Mund vor Freude stöhnte.

Andrew spürte, wie sich seine Eier zusammenzogen, er wusste, dass er nicht mehr lange durchhalten würde.

Der Gedanke, dass er wieder weich werden und die Fähigkeit verlieren würde, diese schöne, sexy Göttin weiter zu ficken, war schrecklich, aber er konnte nicht anders.

Es fühlte sich zu gut an.

DAS fühlte sich zu gut an.

Keuchend bewegte er eine seiner Hände, suchte zwischen ihren verschwitzten, kollidierenden Körpern und fand ihren Kitzler, den er reiben konnte, während er ihn fickte.

Rosas Augen weiteten sich, ihr Blick begegnete ihm erneut, als sich ihr Mund zu einem lautlosen Schrei öffnete.

Ihre Muschi umklammerte ihn, noch fester als zuvor .

Völlig unfähig, sich selbst zu helfen, spürte Andrew, wie sein Orgasmus, sein erster seit über einem Jahr, den ganzen Weg zu ihm kam.

Harte, dicke Spermastrahlen explodierten in Rosas Muschi und ließen Andrew unkontrolliert stöhnen.

Bis Rosa mitten in ihrem eigenen Schnabel eine ihrer Hände auf seinen Mund schlug, um ihn zum Schweigen zu bringen.

Sein Mund grinste wild, als sie gegeneinander zitterten, vereint in ihrer Ekstase.

Mit völliger Hingabe für die Freude am Körper des anderen.

Sein Körper krümmte sich unter ihr und sie tat ihr Bestes, um sich an ihm zu reiben .

Während er immer mehr Sperma in ihre Muschi pumpte, nahm sie das eifrig an.

Die aufgestaute sexuelle Frustration eines Jahres explodierte schließlich in Rosas Körper.

Jeder Stoß schien die gesamte Anspannung in Andrews Muskeln auf einem ganz neuen Niveau zu lockern, sodass er in einem Meer der Glückseligkeit schwebte, als wäre er unter Drogen gesetzt worden.

Rosa unterdrückte ein Lachen, als sie auf ihm zusammenbrach und seine Hände gierig ihren Körper streichelten. Sie bewegte ihren Kopf über seine haarige Brust und blickte keuchend zu ihm auf.

„Ich kann nicht glauben, dass wir das gerade getan haben…! Gott, das war eine Menge Sperma…"

Andrews Arme schlangen sich instinktiv um Rosas Körper und hielten sie fest, während seine Hände ehrfurchtsvoll die Weichheit ihrer Haut streichelten.

Sein Brustkorb hob und senkte sich schnell, während er versuchte, sich zu erholen.

Ein Lächeln brach über sein Gesicht, als er sie ansah.

„Ein Jahr, oder zumindest fast. Und ich habe das Gefühl, dass ich noch mehr habe."

Sie schnurrte vor Freude und ließ seine Brust vibrieren.

Andrew hätte schwören können, dass er ihren Krampf um seinen weichen, erstaunlich steifen Schwanz spüren konnte, der immer noch in ihr steckte.

„Ich würde nichts lieber tun, als dich bis zum letzten Tropfen zu melken, mit meinem Körper oder meinem Mund, aber je länger ich hier bin, desto wahrscheinlicher ist es, dass eine der Krankenschwestern hereinkommt ... und ich KANN KEINE Klage einreichen." Anzeige wegen Fahrlässigkeit oder Belästigung gegen mich!"

Andrew hob eine Hand, um Rosas Wange zu umfassen, seine Lippen fanden ihre und sie küssten sie langsam und sinnlich.

Er schloss die Augen und genoss das Gefühl ihrer Lippen, ihres Körpers.

Wie man die postorgasmische Benommenheit mit solch einer unglaublichen Frau genoss!

„Danke, Rosa. Das war... unglaublich. Ich kann nicht beschreiben, wie gut es sich anfühlte, wieder so fühlen zu können."

Rosas Wangen wurden rot, als sie sich auf die Unterlippe biss.

"Meinst Du das wirklich...?

„Bist du im letzten Jahr nicht wirklich hart geworden oder hast deinen Höhepunkt erreicht?"

Andrew lachte ein wenig und rieb immer noch seinen Daumen an ihrer Wange.

Seine andere Hand berührte ihren nackten Hintern.

Es fühlte sich gut an, wieder so mit einer Frau zusammen zu sein.

„Was, du dachtest, ich würde in all dem lügen?

„Nur um in deine Hose zu kommen?"

Sie zuckte mit den Schultern und lächelte ein wenig verlegen.

„Es wäre nicht das erste Mal, dass mir etwas Ähnliches passiert. Das passiert den meisten Mädchen."

„Ich schwöre, ich hatte seit über einem Jahr keinen Orgasmus mehr und bin zumindest bis jetzt noch nicht so hart geworden. Das war das erste Mal, dass ich in eine Frau eindringen konnte, geschweige denn in ihr abspritzen konnte." Lass sie über ein Jahr lang auf meinem Schwanz abspritzen. Ich fühle mich gerade euphorisch und köstlich großzügig.

Rosa lachte und beugte sich vor, um einen kurzen Kuss von seinen Lippen zu stehlen, setzte sich aber ebenfalls auf.

Sie bewegte ihre Hüften für einen Moment gegen ihn und lächelte dabei breit mit zusammengekniffenen Augen .

Aber sie löste sich langsam von seinem Schwanz.

Eine Flut von Sperma strömte aus ihrer Muschi, lief ihren Körper hinunter und sammelte sich entlang ihres Beckens.

„Nun, dann fühle ich mich unglaublich geschmeichelt und gleichzeitig ungemein erleichtert. Um ehrlich zu sein, ist es schon lange her, dass du mit mir geschlafen hast, obwohl mein Vibrator und ich oft befreundet sind. Und ich... das habe ich noch nie gemacht." so etwas schon einmal." .. „

Sie sah nervös aus, aber Andrew konnte sich ein Lächeln nicht verkneifen.

Obwohl er sicherlich eine ganze Menge Kontakte und Gelegenheitssex gehabt hatte, war das hier etwas völlig anderes und er wusste selbst nicht wirklich, was er sagen sollte.

Sie sah die Spermapfütze, als sie sich auf den Boden senkte, und hätte sich fast umgedreht, um etwas zu holen, um sie aufzuräumen, aber er sah, wie sie innehielt und ihn ansah.

Dann beugen Sie sich einfach vor und nehmen Sie es wieder in den Mund.

Ihre Zunge leckte seinen verschütteten Samen auf, während sie leicht an ihm saugte.

Andrew schnappte nach Luft, seine Hände verkrampften sich um die Tischkanten und sein Rücken versteifte sich, aber er konnte den Blick nicht von dem abwenden, was er tat.

Sein Schwanz pochte vor Vergnügen, selbst nachdem sie sich langsam von ihm zurückzog.

Sie küsste zuerst die Spitze seines Gliedes und leckte dann ein paar verirrte Samenstränge von seinem Fleisch.

Sie lächelte ihn schüchtern an, als sie sich wieder aufrichtete und seinen Schwanz betrachtete.

Er war offensichtlich wieder ganz hart.

„Es scheint, als hätten Sie jetzt kein Problem damit, einen Steifen zu bekommen, Mr. Harrison."

Andrew zitterte vor Glück und versuchte, sich nach vorne zu beugen, um seine Kleidung aufzuheben, während er zusah, wie Rosa sich bückte, um ihre aufzuheben.

„Ich glaube, Sie haben mich geheilt, Miss Martinez."

Sie lächelte, aber als sie ihm einige ihrer Kleidungsstücke reichte, griff sie nach unten, um spielerisch seinen Schwanz zu berühren.

„Ich bin anderer Meinung, Sir. Ich denke, Sie müssen später in dieser Woche einen Folgetermin vereinbaren. Wir müssen Ihren Zustand genau überwachen und sicherstellen, dass es keine Rückfälle gibt."

Sein verspieltes Lächeln geriet ein wenig ins Wanken.

„Das ist ernst, aber trotzdem... ich denke, wir können körperliche Beschwerden wahrscheinlich ausschließen, aber... aber wir wollen sichergehen. Richtig, richtig?..."

Andrew hob eine Hand und lächelte sanft.

„Ich verstehe, Dr. Rosa. Und ich würde gerne zur Konsultation zurückkommen. Offiziell und... sogar inoffiziell, wenn Sie damit einverstanden sind. Ich... ich habe ehrlich gesagt erwartet, dass Sie eine kurze Untersuchung machen und Ich habe mich an einen Psychologen verwiesen. Ich dachte mir : „Es war ein mentales oder emotionales Problem."

Sie errötete, nickte aber, als sie ihr Höschen anzog.

Langsam sickerte ein dunkler Kreis in den Stoff und sein Anblick machte Andrew noch aufgeregter.

Sie wollte ihren BH wieder anziehen, aber Andrew bedeutete ihr, näher zu kommen und sah sie neugierig an.

Sie gab nach und näherte sich ihm erneut.

Er hob sofort seine Hand, um mit einem leisen Seufzer ihre nackten Brüste zu streicheln.

„Danke. Es tut mir leid, du bist einfach... ich finde dich unglaublich sexy und die Dinge waren so überstürzt, ich... ich wollte mir die Chance, sie zu berühren, solange ich sie hatte, nicht entgehen lassen."

Sie lächelte sanft und beugte sich vor, um ihn auf die Wange zu küssen, bevor sie einen Schritt zurücktrat, sich wieder anzog und versuchte, ihre offizielle Diskussion laut fortzusetzen.

„Wahrscheinlich ist es das, aber da Sie den Krankenschwestern wegen des Papierkrams nicht genau gesagt haben, worum es geht, sollte ich wahrscheinlich... einen weiteren Besuch hier bei Ihnen veranlassen, damit wir uns der Symptome sicher sein können."

Er nickte, stand auf und begann, sich selbst anzuziehen.

Rosa sah ihn kurz an, während sie mit dem Ordnen ihrer Kleidung fertig war.

Sie strich gedankenverloren ihren Bleistiftrock glatt.

Schließlich brach er das Schweigen.

„Wenn Sie möchten, würde ich gerne Ihre Telefonnummer annehmen. Ehrlich gesagt bin ich mir nicht sicher, was ich davon halten soll, außer in der Hitze des Gefechts, aber ..."

„Ich verstehe das vollkommen, Rosa. Ich weiß... wir kennen uns nicht wirklich gut, aber... ich hoffe, du weißt, dass ich das nicht auf die leichte Schulter nehme, man kann mir vertrauen und ich... Ich schätze es sehr ... alles, was passiert ist. Ich würde nichts davon nutzen, um dich zu verletzen oder dich absichtlich in irgendeiner Weise zu verletzen. Wenn du willst, dass so etwas nie wieder passiert, würde ich diese Entscheidung akzeptieren, respektieren und verstehen. Aber ich hoffe aufrichtig, dass Sie es nicht bereuen, und ich hoffe, dass ich zumindest weiterhin „Ihr Patient" sein kann. Ich bin aus einem bestimmten

Grund hierher gekommen, Ihrer Geschichte und dem Feedback zu Ihren Fähigkeiten als Arzt. Das kann ich Ihnen nicht sagen Wie glücklich mich das gemacht hat, oder... wie es mir das Gefühl gegeben hat, wieder ein Mann zu sein.

Rosas Schultern schienen ein wenig nachzulassen.

Eine Anspannung verließ seine Haltung, als er warm lächelte.

„Danke, Andrew. Das weiß ich wirklich zu schätzen. Ich... habe auch wirklich , wirklich genossen, was passiert ist."

„Kann ich dir dann meine Nummer hinterlassen?"

Sie nickte und drehte sich um, um einen Block Papier und einen Stift zu holen.

Dann bot er es ihr an.

Er nahm es, schrieb schnell ihre Nummer auf und gab es ihr dann zurück.

Sie riss das Oberlaken ab und steckte es in eine kleine Tasche ihrer Bluse.

Ihre Blicke trafen sich, sie verweilten einen Moment, dann lächelte Andrew und öffnete seine Arme.

„Hätte es dir etwas ausgemacht, dich zu umarmen...?"

Sie lachte und schüttelte den Kopf, als sie sich umarmten.

Als sie einen Schritt zurücktraten und Rosa sich umdrehte, um ihre Sachen einzusammeln, suchte ihr Blick das Büro ab.

Abgesehen davon, dass das Seidenpapier auf dem Untersuchungstisch schrecklich zerknittert war, konnte niemand sagen, was hier gerade passiert war.

Andrew, der verstand, was er tat, schnupperte ein wenig in der Luft und ging dann zu einem der Fenster, um es zu öffnen.

Rosa lächelte schüchtern und nickte.

„In diesem Fall, Andrew... ähm, Mr. Harrison, werden wir diesem Problem, das Sie offenbar haben, auf den Grund gehen, aber wir müssen Sie später in dieser Woche für eine Nachuntersuchung noch einmal verabreden." und je früher, desto besser.

Er biss sich auf die Lippe, zwinkerte ihr zu und sagte mit gesenkter Stimme:

"Lass mich nicht warten".

.

IM BÜRO

„Brauchen Sie noch etwas, Miss Sanders?"

Ich schaute von den verschwommenen Zeilen und Spalten der gedruckten Tabelle auf und blinzelte zu Vicky, meiner Sekretärin, die mit ihrer Tasche über der rechten Schulter in der Tür meines Büros stand.

Irgendwo hinter ihr konnte sie die anderen Mädchen im Büro plaudern hören, als sie ihre Jobs für das Wochenende schlossen.

Als ich seine Worte endlich wahrnahm, nickte ich ihm kurz zu und wackelte mit den Fingern.

„Machen Sie weiter . Ich sollte in etwa fünf Minuten hier fertig sein. Ich wünsche Ihnen ein schönes Wochenende."

Sie sah mich für einen Moment mit zusammengekniffenen Augen an, wiederholte aber nur lächelnd meine letzten Worte, bevor sie sich umdrehte und sich zu ihren Kollegen gesellte.

Ja, sie kannte mich sehr gut.

Fünf Minuten waren an einem normalen Tag normalerweise fünfzehn bis zwanzig. Aber es war der Freitag vor einem dreitägigen langen Wochenende und die Fertigstellung einer Zusammenfassung des Quartalsberichts, die am Dienstagmorgen fällig war.

Wen habe ich veräppelt?

Ich würde mindestens ein paar Stunden hier sein.

Und das nur, wenn ich mich darauf konzentrieren konnte, die richtigen Zahlen zu bekommen.

Nachdem ich in der ersten Stunde nur kleine Fortschritte gemacht hatte, ging ich schnell zum Automaten im Pausenraum, um mir eine koffeinhaltige Limonade zu holen.

Als ich wieder an meinem Schreibtisch saß und mir die Kohlensäure von einem tiefen Getränk in der Kehle kitzelte, stand ich über meinen Schreibtisch gebeugt.

Vielleicht würde eine andere Perspektive helfen.

In diesem Moment hörte ich ein leises Knurren.

Da ich den Besitzer dieses Geräuschs kannte, war ich keineswegs erschrocken, sondern blickte kaum auf und sah Mr. Robert González, der am Türpfosten lehnte und die Hände in den Taschen seiner engen Hose steckte.

Er war der Inbegriff von groß und gutaussehend, obwohl er nicht ganz schwarz war ... zumindest nicht der Teil, den man sehen konnte.

Sein silbernes Haar war an den Seiten und am Rücken kürzer geschnitten, was ihn älter aussehen ließ, als er eigentlich hätte sein sollen.

Und ihre leicht gebräunte Haut zeigte, dass es ihr nichts ausmachte, draußen zu sein, obwohl sie wusste, dass sie es noch nicht geschafft hatte, eine Bindung zu den anderen männlichen Führungskräften aufzubauen.

„Ziehst du um Mitternacht die letzten Energietropfen, Erika?"

Ich hob eine gepflegte Augenbraue und antwortete schließlich:

„Es ist sechs Uhr. Es ist gerade erst Nachmittag."

Er zuckte leicht mit den Schultern.

„Irgendwo ist es Mitternacht."

"In London."

"Hmm?"

„Wenn es hier sechs Uhr ist, ist es in London Mitternacht."

Robert kicherte.

„Du und deine Zahlen."

Ich verdrehte die Augen und beugte mich vor, um den oberen Rand einer Tabellenspalte zu finden, und ließ meinen Finger nach unten gleiten.

Ein tieferes Knurren drang an meine Ohren.

Ich schaute gerade rechtzeitig auf und sah, wie er den Knoten seiner Krawatte an seinem Hals zurechtrückte.

Eine Sekunde später wurde mir klar, dass er den oberen Teil meines Hemdes sehen konnte.

Ich stand abrupt auf, setzte mich auf meinen Stuhl und ging zum Schreibtisch hinüber, wobei ich spürte, wie meine Wangen rot wurden.

Ich schaffte es kaum, ein Lächeln zu unterdrücken, als er seufzte.

„Was kann ich für dich tun, Robert?"

In dem Moment, als die Worte meinen Mund verließen, schloss ich die Augen und schürzte die Lippen.

Verdammter Freudscher Ausrutscher.

„Ich berechne kein Honorar, Erika, aber wenn du bereit bist zu zahlen..."

„Es war ein Fehler", murmelte ich und tat so, als würde ich mich wieder auf die gedruckten Seiten konzentrieren, die vor mir ausgebreitet waren.

In meinem Kopf flehte ich ihn halbherzig an, zu gehen.

Die Gesellschaft war nicht ganz unangenehm.

Aber ich wollte diesen Bericht machen, damit ich nach Hause gehen und in meinem Whirlpool ein Glas Wein genießen und an nichts denken kann, bis mein Wecker am Dienstagmorgen klingelte.

„Zahlen widersetzen sich, was?" sagte er mit einem sanften Lachen.

Es gab ein leises Geräusch flatternder Schuhe auf dem Teppich.

Einen Moment später stand er vor meinem Schreibtisch.

Als ich wieder aufsah, zog er eine Augenbraue hoch und sein Lächeln wurde breiter, als er sein Sakko auszog und es auf die Rückenlehne eines der Besucherstühle legte.

Ich schluckte, als er seine große Hand vorne an seiner grauen, geknöpften Weste entlanggleiten ließ und an den Manschetten seines weißen Hemdes zupfte, bevor er sich auf den Stuhl gegenüber setzte.

Er kreuzte sein rechtes Knie über seinem linken und verschränkte die Hände im Schoß.

Während ich arbeitete, versuchte ich ihn zu ignorieren und trank von Zeit zu Zeit aus meiner Getränkedose.

Und um ehrlich zu sein, die Zahlen begannen einen Sinn zu ergeben.

Es dauerte nicht lange, bis ich endlich mit dem Schreiben meines Berichts beginnen konnte.

Er sprach nicht, aber ich konnte seinen gleichmäßigen Atem hören.

Ich spüre, wie er mich ansieht.

Allerdings war ich das von Kunden gewohnt, sodass mich Roberts Aufmerksamkeit nicht beunruhigte.

Nicht einmal, als ich in meinem peripheren Blickfeld sehen konnte, dass er langsam seine Weste aufknöpfte und den Knoten seiner Krawatte löste.

Ich biss mir auf die Innenseite meiner Lippe, als er seine Position korrigierte und sich auf dem Sitz entspannte, wobei ich versuchte, nicht daran zu denken, dass er versuchte, seine Erregung zu verbergen.

Während ich den Blick auf den Computerbildschirm richtete, wies ich in meinem Bericht darauf hin, woher unsere Verluste kamen, und skizzierte dann einen Vorschlag, diese Mittel in den nächsten zwei Quartalen zurückzugewinnen.

Ein paar Minuten später überraschte mich seine Stimme und erinnerte mich an seine Anwesenheit.

„Es scheint, als würdest du dort wirklich hart arbeiten, Erika. Selbst wenn du mich aus dem Augenwinkel ansiehst. Glaubst du, ich merke diese Dinge nicht?"

Der Kloß in meinem Hals schien aus dem Nichts aufzutauchen.

Tatsächlich tat das Schlucken weh, und dieses Mal half die Limonade nicht.

Ein kurzer Blick auf ihn war eine schlechte Idee gewesen.

Ich schloss für einen Moment die Augen und blinzelte dann schnell, um mich wieder zu konzentrieren.

Roberts Kopf war geneigt, sein Mundwinkel zuckte.

„Was ist los? Die Katze hat deine Zunge erwischt?"

Als ich ihn weiterhin ignorierte, gab er ein „ tsi , tsi , tsi "-Geräusch von sich.

Ich konnte mir ein leises Fluchen nicht verkneifen, als er aufstand, um meinen Schreibtisch herumging und direkt hinter mir stehen blieb.

„Du arbeitest zu viel. Es ist Wochenende. Du solltest zu Hause oder draußen sein und Spaß haben, anstatt Zeit im Büro zu verbringen."

Als ich spürte, wie es die Unterseite meiner Haare berührte, zitterte ich.

Einen Moment lang zitterten meine Finger auf der Tastatur.

Sogar meine Atmung war unsicher, als ich ausatmete.

Verdammt, dieser Mann.

Es ging mir schon seit zwei Monaten durch den Kopf, seit die Chefs uns bei einem Firmenmeeting vorgestellt hatten.

Wir hatten die gleiche Autoritätsebene, kamen aber aus unterschiedlichen Abteilungen.

Die Besonderheiten unserer Gebiete überschnitten sich nicht einmal.

Er hatte jedoch einen Grund gefunden, mindestens ein- oder zweimal pro Woche in meiner Praxis vorbeizuschauen.

Aber nie nach Feierabend.

Und es war noch nie so... gestartet worden.

immer professionell gewesen, aber er hatte am Rande des Seils getanzt.

Insgeheim wünschte ich, er würde ein wenig starten.

Nicht um mir einen Grund zu geben, ihn anzuzeigen, sondern um sicher zu wissen, ob er wirklich an mir interessiert war ... oder ob er einfach nur seine Männlichkeit zur Schau stellen wollte.

Sie war die einzige Führungskraft im Unternehmen.

Die meisten Männer schienen mit diesem Status einverstanden zu sein.

Ein paar von ihnen hatten mir am Wasserspender zu verstehen gegeben, dass Frauen ihrer Meinung nach auf die andere Seite des Schreibtisches gehörten, aber niemand hatte den Mut gehabt, mir das ins Gesicht zu sagen.

Ich betete, dass dieser Moment niemals von Robert kommen würde.

Und nun?

Ich hatte das Gefühl, dass ich endlich die wahre Seite des Mannes sehen würde, der mich schon mehr als einmal in meinen Träumen heimgesucht hatte.

Aber würde ich das bereuen?

wir waren allein

Der Rest des Bodens hinter meinen Bürofenstern war dunkel.

Und es gab keinen Grund, dass sich zu dieser Zeit noch jemand im Gebäude aufhielt.

Die Hausmeister trafen erst am Samstagmorgen ein.

Was wäre, wenn Roberts Absichten nicht ehrenhaft wären?

Und wenn...

„Es sieht so aus, als müssten Sie vielleicht etwas Stress abbauen, finden Sie nicht auch?"

Seine Stimme war direkt neben meinem Ohr, seine Lippen berührten sie leicht und ließen mich nach Luft schnappen.

Während er sprach, strich er mir die Haare aus.

Und dann biss er mir ins Ohrläppchen.

„Antworte mir, Erika."

Feuer und Eis.

Nur so könnte ich beschreiben, was sich bei seinen Worten durch meinen Körper bewegte ... seinen Taten.

Ich konnte mich nicht bewegen.

Er atmet kaum .

Und ich hatte definitiv keine richtige Stimme, auf die ich antworten konnte.

Robert legte plötzlich seine Hände neben mich auf den Schreibtisch und drang noch mehr in meinen Raum ein.

Zumindest hatte ich die dünne Stuhllehne zwischen uns.

Zur Zeit.

Meine Beine zitterten.

Gott sei Dank saß ich bereits.

Darauf haben Sie gewartet, oder?

Ich kämpfte darum, ihn nicht anzusehen, aus Angst, das letzte bisschen Kontrolle über meine Gefühle zu verlieren, wenn ich es täte.

Aber ich konnte das leise Stöhnen nicht unterdrücken, das über meine Lippen kam, als er sich seitlich an mein Gesicht lehnte.

Seine Lippen berührten wieder mein Ohr.

„Ich weiß, was du willst...", flüsterte er und leckte mein Ohrläppchen. "Was brauchen Sie."

Ohne Vorwarnung streckte er die Hand aus und packte sanft, aber fest mein linkes Handgelenk, nahm es vom Schreibtisch und brachte es hinter meinen Stuhl.

Er umfasste meinen Handrücken mit seiner Handfläche und legte ihn fest auf die Wölbung seines Schritts.

Ich wimmerte lauter und kniff die Augen zusammen.

Auch meine beiden Hände schlossen sich instinktiv und meine linke umschloss seine bedeckte Erektion noch mehr.

Meine Muschi verkrampfte sich bei diesem Gefühl.

Er stieß ein leises Stöhnen aus und legte meine Hand wieder auf den Schreibtisch.

Die Wärme seiner Anwesenheit schien nachzulassen, aber das Zittern, das in meine Schultern gestiegen war, konnte dadurch nicht gestoppt werden.

Sein warmer Atem streichelte noch immer meinen Nacken, während er schwer ausatmete.

Einen Moment später drehe ich mich langsam in meinem Stuhl zu ihm um und lasse meinen Blick direkt auf seinen Schritt gerichtet sein.

Mit einem Keuchen lehnte ich mich im Stuhl zurück und blickte gerade lange genug nach oben, um zu sehen, wie er sich die Lippen leckte.

Dann folgte ich seinen Händen, als sie sich auf seine Taille legten und seinen Ledergürtel öffneten.

Er öffnete den Knopf so langsam, dass sie nicht sicher war, ob er es wirklich getan hatte, bis er den Reißverschluss herunterließ.

Ich hörte ein Stöhnen von ihm, als ich unregelmäßiger atmete und mir die Lippen leckte.

„Und diese feuchte kleine Zunge? Gott, du bist so verdammt sexy, Erika", knurrte er und griff in seine Boxershorts.

Aber er hielt inne und zog eine Sekunde später seine Hand weg.

Während seine Hose verführerisch von seinen Hüften hing, packte er meinen Bizeps und zog mich mühelos auf die Füße.

Es gab keine Zeit zum Nachdenken.

Um meinen Widerspruch zum Ausdruck zu bringen.

Einen Moment lang hielt ich den Atem an, im nächsten drückten sich seine warmen Lippen mit einer Inbrunst auf meine, die ich noch nie zuvor erlebt hatte .

Hitze.

Hingabe.

Verzweifeln.

Hunger.

All das schwirrte in meinem Kopf herum.

Habe ich das alles auch gespürt?

Seine Zunge drang in meinen Mund ein und beanspruchte es.

Seine Finger schlossen sich fester um meine Arme und zogen mich näher an ihn heran.

Mein Kopf wurde nach hinten geworfen, als er mich nach vorne drückte, während der Rest meines Körpers sich an ihn lehnte.

Spüre diesen Knoten jetzt auch an anderen Stellen.

Drückt mich.

Reibe mich.

Mich anmachen.

Ich war gerade dabei, in seinem Kuss unterzugehen, als ich mich stöhnend wieder aufrichtete.

Keuchend.

Ich frage mich, was zum Teufel gerade passiert ist.

Roberts Atmung war unregelmäßig.

Und er lehnte sich gegen den Schreibtisch und umklammerte die Kante mit beiden Händen.

Er starrte mich mit großen Augen an.

Als ich auf seine leicht hebende Brust blickte, hob er mein Kinn.

Er hielt es für mich.

Dann fuhr er mit seinem Daumen über meine Unterlippe, bevor er sich für eine Sekunde in meinen Mund drückte.

Ich nutzte die Gelegenheit und leckte seinen Finger, was ihn zum Grunzen brachte.

Er drückte tiefer.

Bald saugte ich an der Spitze seines Daumens bis zum ersten Knöchel, während er ihn langsam in meinen Mund hinein und wieder heraus bewegte.

Mein Kinn war immer noch von seinen Fingern umfasst.

Mein Blick war auf seinen gerichtet.

Wir machten beide leise, lustvolle Geräusche.

Und meine Muschi hörte nicht auf, sich zu verengen.

Irgendwann rutschte ihm die Hand aus.

Er zog an meinem Kinn, um mich anzupassen, und ich fiel nach vorne.

Ich fand mein Gleichgewicht wieder, indem ich meine Handflächen auf ihre Schenkel legte.

Direkt neben seiner Leistengegend.

Infolgedessen stöhnte ich und saugte stärker an seinem Finger.

Sein überraschtes Zischen war seine einzige Reaktion, als er weiterhin seinen Daumen in meinen Mund hinein und wieder heraus drückte.

Dann stöhnte er, als meine Hände die festen Muskeln unter seiner Kleidung drückten.

Einen Moment später hatte er sich befreit und stand auf.

Robert griff erneut in seine Boxershorts und ließ dann schnell seinen Schwanz mit einem scharfen Ausatmen los.

Die Krone, die rot und aufgeregt aussah, ruhte nur wenige Zentimeter von meinen Lippen entfernt.

Die Spitze glitzerte mit einem einzelnen perlmuttfarbenen Tropfen in der Mitte.

Vor Vorfreude fiel mir die Zunge aus dem Mund.

"Aufleuchten."

Seine grobe Zustimmung ließ mich stöhnen und mir erneut die Lippen lecken.

„Komm schon, Schlampe.“

Sein Körper schwankte ein wenig, als meine Finger seine ersetzten und sich um die samtige Textur seines harten Glieds legten und es festhielten.

Er stöhnte laut, als ich meine Zungenspitze an das Auge seines Schwanzes brachte.

Auf dem Weg zu dieser Perle.

Ich lecke es und nehme es zurück in meinen Mund.

Den Salzgehalt seines Precums genießen .

Er war derjenige, der jetzt zitterte und sich erneut gegen die Kante meines Schreibtisches lehnte, um Halt zu suchen.

Die Wut stieg in meinen Adern auf und ich leckte noch einmal.

Die flache Zunge, dieses Mal, auf der flachen Seite seines flexiblen Kopfes.

Ein weiterer Fluch von ihm ermutigte mich noch mehr.

Mein dritter Leckvorgang war kräftiger und wirbelte um den Scheitel herum.

Ein kurzer Blick auf seinen ausgestreckten Hals und die geschlossenen Augen zeigten, dass ich ihn dort hatte, wo ich ihn haben wollte ... meiner Gnade ausgeliefert, wenn auch nur für ein paar Minuten.

Beim nächsten Lecken schloss ich meine Lippen um seinen Scheitel und saugte, während ich sanft meine Hand um seinen großen Schwanz drückte.

„Scheiße, Schlampe, woher weißt du, wie man lutscht!"

Ich hatte seinen Stoß vorhergesehen und trat zurück, wobei sein Schwanz mit einem leisen Knall losließ.

Nachdem ich tief Luft geholt hatte, hatte ich es wieder im Mund.

Jetzt tiefer.

Saugen beim Streicheln.

Stöhnend legte er eine Hand auf meinen Kopf und fuhr mir sanft mit den Fingern durchs Haar.

Ich bewegte den Stuhl nach vorne und genoss das kontrastierende, harte und weiche Gefühl, wie er über meine Zunge glitt.

Die weiche Textur ihrer Kleidung, als ich mit meiner freien Hand ihr Bein auf und ab streichelte, um ihren Hintern zu streicheln.

Der Geruch von maskulinem Moschus auf seiner Haut, jedes Mal, wenn sich meine Nase seiner Basis näherte.

Aber genau wie bei seinem Kuss zog er sich zurück, bevor ich bereit war aufzuhören.

Ich muss stöhnen .

Dann stellte er mich wieder auf die Füße, wobei ich auf den Fersen wackelte.

„Erika", fauchte er und leckte sich die Lippen.

Ich suche meine Augen.

Er drückte mich am rechten Arm an sich, seine freie Hand bewegte sich zu meinem Rücken, glitt nach unten und streichelte meinen Hintern.

Als ich stöhnte, fing er meine Unterlippe zwischen seinen Zähnen ein.

Und dann saugte er sanft, während ich meinen Körper an seinen drückte und mich an seine Arme klammerte.

"Robert!" Ich schnappte nach Luft, als er mich plötzlich an den Hüften hochhob und auf meinen Schreibtisch setzte.

Er schob meinen Bleistiftrock hoch, spreizte meine Beine und gelangte dazwischen.

Sein Schwanz ruhte zwischen uns und ich spürte, wie die Nässe seines Precums mein Hemd durchnässte.

Mit einer Hand streichelte er durch meine oberschenkelhohen Strümpfe hindurch mein rechtes Bein, umfasste meinen Hinterkopf und küsste mich.

Sehr schwer.

Mit geschlossenen Augen sank ich schließlich in seine Umarmung und meine Hände wanderten über ihn.

Seine Schultern berühren.

Spüre, wie sich seine Muskeln anspannen und entspannen.

Hitze strahlte durch sein Hemd.

Dann war es in seinem Nacken.

Sein Haar kitzelte meine Fingerspitzen, während seine Zunge meinen Mund plünderte.

Einer meiner Schuhe fiel mit einem Knacken ab, als ich versuchte, mein Bein um seines zu schlingen.

Er war auch unterwegs.

Ich packte mein anderes Knie, das an seiner Hüfte rieb.

Ich drücke sanft meinen Nacken, was mich dazu bringt, mich zu krümmen und zu stöhnen.

Dann streichelte er die Seite meiner Brust, bevor er sie in seine Handfläche nahm und fester drückte.

Sein Daumen streichelte meine Brustwarze durch meine Bluse und meinen BH hindurch.

In meinem Bauch konnte ich spüren, wie sein Schwanz pochte.

Hart und heiß.

Während ich mit der linken Hand immer noch seinen Nacken umklammerte, schob ich meine rechte Hand zwischen uns und schlang meine juckenden Finger um seinen Schwanz knapp unterhalb des Scheitels.

Dann fuhr ich mit der Daumenkuppe über die Spitze hin und her und verteilte die dünne Flüssigkeit dort.

Mehr über den Schlitz lustig machen.

Robert biss mir erneut auf die Unterlippe und zog sie in seinen Mund, wo er daran saugte.

Er verdrehte es mit seiner Zunge.

Dann bedeckte er meine Lippen wieder mit seinen.

Ich lade meine Zunge zum Tanzen ein.

Je mehr er mich küsste, desto mehr knurrte er.

Je mehr er mich küsste, desto mehr bewegte ich mich gegen ihn.

Unter meinen Fingern bildete sich Schweiß in meinem Nacken.

Ich konnte es auch zwischen meinen Schulterblättern spüren.

Noch einmal zog er sich zurück, aber nur in unseren Mund.

Er lehnte seine Stirn an meine, sein Atem war heiß auf meinem Gesicht.

Ich spielte weiter mit seinem Schwanz, meine linke Hand ruhte jetzt hinter mir.

„Du... bist... eine... verspielte... Schlampe", keuchte er, schreckte zurück und küsste mich sanft.

Als er seine Hand unter meinem Rock auf meinen Oberschenkel gleiten ließ, ließ ich sie los und musste meine andere Hand zur Unterstützung ebenfalls hinter mich legen.

Dann war ich diejenige, die ihr auf die Unterlippe biss, weil ihre Finger weiter nach innen streichelten.

"Scheisse!" Mein ganzer Körper zitterte, als sein Knöchel meine mit Höschen bedeckte Muschi berührte.

„ Du bist empfindlich", kicherte er.

Er berührte mit seinen Lippen meinen Mundwinkel und schlug mich noch dreimal mit den Fingerknöcheln.

Mit jedem Schlag drückte er fester.

„Mmm. Erika?"

„Eh was?" Ich blinzelte und versuchte zu schlucken.

„Du bist so nass, liebe Schlampe."

Meine Arme gaben nach und ich fiel grunzend zurück auf den Schreibtisch.

Als ich spürte, wie ein Finger die Außenseite meiner Muschi unter meinem Höschen streichelte, verdrehte ich die Augen.

Mir fiel die Kinnlade herunter und meine Stimme blieb mir im Hals stecken.

„Du bist so reich", murmelte er.

In meinem peripheren Blickfeld sah ich, wie Robert verschwand.

Eine Sekunde später lief etwas Nasses über meine Muschi.

Schließlich schrie ich, als mir klar wurde, dass es seine Zunge war.

Dann gurrte er.

Ich wölbe meinen Rücken.

Ich drehe meine Hüften.

Ich schlage mit den Handflächen auf die unter mir verstreuten Papiere.

Unten hatte er mein Höschen ausgezogen und griff mich mit einem Arsenal aus Lippen, Zähnen und Zunge an.

Aber niemals etwas Durchdringendes.

Und doch bettelte mein Körper im Stillen darum.

Etwas, irgendetwas...

Nun ja, nicht irgendetwas.

Ich wollte seinen Schwanz, aber vorerst würde ich mich mit ein oder zwei Fingern zufrieden geben.

Allerdings konnte er meine Gedanken nicht lesen.

Und leider fehlten mir die Worte, um es ihm direkt zu sagen.

Mein anderer Schuh fiel zu Boden, als er meinen Knöchel packte und mein Bein hochhielt .

Ich wand mich noch mehr, als ich spürte, wie er mit dem, was wahrscheinlich sein Daumen war, auf meine Klitoris einschlug und sie umkreiste.

Und ich quietschte tatsächlich, als er langsam meine Muschi auf und ab leckte.

Ich necke meinen engen, empfindlichen Po-Ring für einen Moment, bevor ich wieder anfänge.

Ich murmelte eine Reihe von Schimpfwörtern, unterbrochen von Keuchen.

Er stöhnte und ließ mein Bein los, nachdem er es über seine Schulter gelegt hatte.

Eine Sekunde später spürte ich, wie ein Paar seiner Finger den gleichen Weg entlang glitten, den seine Zunge gemacht hatte, bevor sie sich in mich drückte.

"Robert!"

Meine Hände waren an meinen Seiten geballt, mein ganzer Körper krümmte sich auf dem Schreibtisch.

Gefangen zwischen dem Versuch, sich seiner Berührung zu entziehen, und dem Versuch, seiner Hand zu folgen, als er begann, sich zurückzuziehen, nur um erneut zuzustoßen.

Mehrere Dinge klapperten dabei, als sie vom Schreibtisch fielen.

Sein tiefes, entgegenkommendes Lachen verriet mir, dass ich die gewünschte Reaktion erhalten hatte.

Er fuhr im gleichen Tempo fort und neckte und verdrehte die Wünsche in mir.

Jedes Mal, wenn mein Bein auszurutschen begann, packte er meine Kniekehle in der Ellbogenbeuge und legte sie wieder auf seine Schulter.

Es dauerte nicht lange, bis ich ankam, keuchte und verfluchte seinen Namen.

Ich rollte meinen Kopf auf dem Schreibtisch hin und her.

Jetzt ballt er eine Hand auf seinem Haar und lässt sie wieder los.

Die andere massierte geistesabwesend meine Brust durch meine Bluse hindurch, wie sie es immer tat, wenn sie allein war.

Ein paar Minuten später war mein Geist immer noch verschwommen.

Das Atmen war eine lästige Pflicht.

Ich merkte, wie er seinen Fuß senkte, aber ich konnte meine Beine nicht schließen, da er immer noch zwischen meinen Schenkeln stand.

Er bewegte sich ein paar Sekunden lang von einer Seite zur anderen, bevor seine Finger meine empfindlichen Unterlippen streichelten und mich erschaudern ließen.

Dann zog er sich wieder zurück.

Einen Moment später hob er meinen Kopf direkt unter mein Ohr und sein Daumen streichelte die Erhebung meines Wangenknochens.

Der süße Duft meiner vertrauten Säfte drang in meine Nase.

„Erika?"

Ich murmelte etwas... Ich öffnete kurz meine Augen und sah sein Gesicht vor meinem.

Biss er die Zähne zusammen?

"Willst du mehr?"

Diesmal blinzelte ich.

Er leckte meine Lippen.

Ich versuchte zu sprechen, nickte aber schließlich.

Er stieß ein leises Knurren aus.

"Sag es."

Meine Muschi verkrampfte sich und meine Augen konzentrierten sich für einen Moment.

Meine Stimme war rau, als ich sprach.

„Ja. Fick mich, Robert."

Seine eigenen Augen schienen zu leuchten.

Er holte tief Luft und nickte mir kurz zu.

Ich hielt seine Hand an meiner Wange und spürte, wie er mit der linken Hand mein Höschen wieder zur Seite schob, bevor sein Schwanz meine Muschi berührte.

Nach vorne gedrückt.

Er hat es in mich gesteckt.

Wir grunzten gleichzeitig, als er hineinglitt.

Dehne mich langsam Zentimeter für Zentimeter.

Und dann ruhte seine Leistengegend an meiner.

Er machte einen schnellen Hüftstoß, der etwas tiefer ging, was dazu führte, dass sich mein Nacken nach hinten wölbte und meine Hände nach oben schoss, um seine Arme zu ergreifen.

Ich schnurrte, als er sich zurückzog und wieder nach vorne drängte.

Er beschleunigte ein wenig.

Legen Sie Ihren Rhythmus fest.

Meine unregelmäßige Atmung wurde stärker.

Ich konnte nicht aufhören, mir die Lippen zu lecken.

So nah.

Er war wieder so verdammt nah dran .

Sein linker Unterarm ruhte auf mir, seine Finger strichen über mein Haar.

Ich drehte meinen Kopf zu seiner Berührung und schloss meine Augen.

Stöhnend, als seine andere Hand meine Brust oder Hüfte durch meine Kleidung umfasste und streichelte.

„Komm für mich."

Er drückte seine Lippen auf meine Stirn, packte mein Knie und zog es wieder an seine Hüfte.

Bei seinen Worten verkrampfte sich mein Rücken.

Mir fiel die Kinnlade herunter , als ich sah, wie er mich absichtlich von innen und außen streichelte.

Er stieß mich immer wieder über diese Klippe.

Ich schaue rüber.

Und dann würgte ich seinen Namen und versteifte mich, bevor sich mein Körper nach rechts und dann nach links drehte.

Er murmelte Worte, die er noch nie zuvor ausgesprochen hatte ... wahrscheinlich wusste er nicht einmal, was sie bedeuteten.

Verdammt, es waren wahrscheinlich nicht einmal echte Worte.

„Gott, du bist so schön, Erika."

Roberts Keuchen wurde noch mühsamer.

Die Geräusche, die er machte, waren berauschend.

Sie hielten mich dazu, mich unter ihm zu winden.

Ich glaube, ich bin ein zweites Mal gekommen, oder war es ein drittes?

Bevor Sie spüren, wie er angespannt ist.

Er drückte stärker.

Und dann knurrte er meinen Namen, bevor er seinen Körper auf meinen fallen ließ.

Die Hitze seines Körpers sickerte durch die Schichten unserer schweißgetränkten Kleidung.

Sein Herz schlug genauso wild wie meines gegen meine Brust.

Oder vielleicht war es meins, was ich fühlte.

Dann drückte seine Hand leicht in mein Haar, sein Daumen streichelte geistesabwesend meine Stirn.

Ich schluckte abwechselnd Luft und leckte mir die Lippen.

Ich fuhr mit meiner Hand über seinen linken Arm, den er nach seiner Freilassung an meine Seite gelegt hatte, auf und ab, als ich mich genug erholt hatte, um mich daran zu erinnern, wer wir waren ... wo wir waren.

Ein Nachbeben erschütterte meinen unteren Rücken und ließ meine Glieder zucken.

Meine Muschi verkrampfte sich und sein Schwanz zuckte in mir.

Wir stöhnten beide.

Er nahm sein Gewicht von mir und küsste mich sanft, bevor er vollständig aufstand.

Ich biss mir auf die Lippe, weil er sich erneut zuckte, als er sich vollständig zurückzog, und war froh, dass ich immer noch den Schreibtisch unter mir hatte, der mir Halt bot.

Fasziniert betrachtete ich den Mann, den ich seit dem ersten Tag auf meinem Radar hatte.

Mir kam der Gedanke, dass er über all das nachgedacht hatte, da er vorbereitet war, als ich zusah, wie er das benutzte Kondom entfernte, es in ein paar Taschentücher wickelte und das Päckchen in meinen Mülleimer warf.

Er stand vor mir, während er seinen Schwanz wegsteckte und seine Hose zurechtrückte.

Sie erwartete, dass er seine Kleidung fertig reparierte und vielleicht mit der Hand durch sein leicht zerzaustes Haar fuhr.

Aber ich war überrascht, als er mich anlächelte und eine Hand hinter meine Schulter legte, um mir zu helfen, mich zu positionieren.

Aufstehen.

Er nahm mein Gesicht in beide Hände und küsste mich sanft.

Dann trat er zurück und legte den Kopf schief, während er mit meinen Haaren spielte.

Er zog mein Hemd über meine Schultern und strich mit seinen Händen vorne über meine Brüste.

Mit der anderen Hand auf meinem Hintern strich er meinen Rock glatt, was mich wie einen Idioten zum Zittern und Lächeln brachte.

„Du bist wieder vorzeigbar."

Seine Stimme war sehr sanft.

Und sein schiefes Lächeln und seine strahlenden Augen verrieten, dass er wahrscheinlich auch immer noch unter dem Adrenalinspiegel litt.

Als ich sicher war, dass ich das Gleichgewicht halten konnte, drehte er mit meinen Füßen meine Fersen nach oben und zeigte sie in die richtige Richtung, damit ich die Schuhe wieder anziehen konnte.

Geistesabwesend fuhr ich mit meinen Händen über meinen Körper, von den Titten bis zum Arsch, um sicherzustellen, dass sich alles gut anfühlte, als hätte er es nicht selbst getan.

Dann richtete ich meinen Blick auf meinen Schreibtisch und runzelte die Stirn.

Meine übergroße Tabelle war zerknittert.

Auf dem Computerbildschirm gab es ein Durcheinander von Zeichen, die wie eine Fremdsprache aussahen.

Und der Hefter und der Bleistifteimer fehlten.

Zumindest war ich klug genug gewesen, meinen Bericht aufzubewahren, bevor er mich verführte.

Die oben genannten Gegenstände tauchten plötzlich wieder auf, als zwei große männliche Hände in der Nähe meines Computers positioniert waren .

Das war das Geräusch, das er zuvor gehört hatte.

Fast in Zeitlupe hob ich meinen Kopf und genoß, wie gut ihm die maßgeschneiderte Weste passte, bevor ich mich seinem dunklen Blick zuwandte.

Einen langen Moment lang sahen Robert und ich uns an.

Sein Mundwinkel war noch immer gebogen.

Ich bemerkte, dass mein Puls immer noch raste.

Nachdem ich blind hinter mich gegriffen hatte, fand ich eine der Armlehnen und schob den Stuhl wieder an seinen Platz.

Erst als ich mich aufsetzte und mich umdrehte, um das Kauderwelsch zu löschen , das am Computer getippt worden war, begann er zu sprechen.

„Was machst du, Erika?"

Ich schaute ein paar Mal zwischen ihm und dem Monitor hin und her.

„Du hast mich unterbrochen, als ich meinen Bericht fertigstellte. Er ist am Dienstagmorgen fällig und ich werde ihn dieses Wochenende nicht mit nach Hause nehmen."

Er zupfte an den Manschetten seines Hemdes und an den Enden seiner Weste, bevor er sich auf denselben Besucherstuhl wie zuvor setzte und sein rechtes Knie über sein linkes kreuzte.

„Äh, was machst du, Robert?"

Er richtete den Knoten seiner Markenkrawatte so, dass sie näher an seinem Hals lag, und verschränkte dann die Hände im Schoß.

„Ich warte darauf, dass Sie Ihren Bericht fertigstellen."

Ich hob eine Augenbraue.

"So dass?"

Robert schenkte mir ein elegantes Lächeln.

„ Natürlich, um sie zum Abendessen einzuladen, bevor wir das in einer bequemeren Umgebung für den Hinterscan fortsetzen. Wenn Ihnen das gefällt, Mrs. Sanders."

Mit einem sprunghaften Pulsschlag und einem Zucken meiner Lippenwinkel kehrte ich zu meinem Monitor zurück.

„Sehr gut, Mr. Gonzalez. Sie sollten hier in etwa fünf Minuten fertig sein."

ENDE